花のち晴れ
～花男 Next Season～
ノベライズ

神尾葉子・原作/絵
松田朱夏・著

集英社みらい文庫

人《じん》物《ぶつ》紹《しょう》介《かい》

学《がく》園《えん》

江戸川《えどがわ》 音《おと》

英徳学園高等部《えいとくがくえんこうとうぶ》2年生《ねんせい》。アルバイトで生活費《せいかつひ》をかせぐかくれ庶民《しょみん》だが、英徳《えいとく》を退学《たいがく》できない理由《りゆう》があり…!?

西留《にしどめ》めぐみ

ホテルチェーンの令嬢《れいじょう》にして、人気《にんき》モデル。晴《ハルト》を好《す》きになり…!?

桃乃園学院《もものそのがくいん》

近衛《このえ》 仁《ひとし》

桃乃園学院《もものそのがくいん》の生徒会《せいとかい》メンバー。馳《はせ》をとてもしたっている。

馳《はせ》 天馬《てんま》

英徳学園《えいとくがくえん》の最大《さいだい》のライバル、桃乃園学院《もものそのがくいん》の生徒会長《せいとかいちょう》。音《おと》とは親同士《おやどうし》が決《き》めたいいなずけ。

英《えい》徳《とく》

神楽木《かぐらぎ》 晴《ハルト》

コレクト5《ファイブ》のリーダー。F4《エフフォー》の道明寺《どうみょうじ》に憧《あこが》れており、英徳学園《えいとくがくえん》を守《まも》るために『コレクト5《ファイブ》』を結成《けっせい》した。容姿端麗《ようしたんれい》なおぼっちゃま。

道《どう》明《みょう》寺《じ》 司《つかさ》

F4

エフフォー

道明寺司《どうみょうじつかさ》・花沢類《はなざわるい》・西門《にしかど》総二郎《そうじろう》・美作《みまさか》あきらで構成《こうせい》された、英徳学園《えいとくがくえん》がほこる伝説《でんせつ》の4人組《にんぐみ》。

C5 Correct5

コレクトファイブ

栄《えい》美《び》杉《すぎ》丸《まる》

成《なる》宮《みや》一《いっ》茶《さ》

平《たいら》 海《かい》斗《と》

真《ま》矢《や》愛《あい》莉《り》

もくじ

プロローグ

私立英徳学園《しりつえいとくがくえん》って知《し》ってる？

日本中《にほんじゅう》から集《あつ》まった超《ちょう》お金持《かねも》ちの子《こ》どもたちが通《かよ》う学校《がっこう》。

登下校《とうげこう》の時間《じかん》には、校門前《こうもんまえ》に送《おく》りむかえの黒塗《くろぬ》りの車《くるま》が、運転手《うんてんしゅ》つきでずらり。

「今度《こんど》の休《やす》みは海外《かいがい》の別荘《べっそう》で過《す》ごすの」なんて話《はな》しながら、生徒《せいと》たちは高級《こうきゅう》ブランドのバッグを見《み》せあう。

そこは、まるで別世界《べっせかい》。まさにセレブ。雲《くも》の上《うえ》。


そう、二年前《ねんまえ》まではね。


そのころ、この学校《がっこう》には、〈F4《エフフォー》〉——『花の《フラワー》四人組《にんぐみ》』と呼《よ》ばれた男子《だんし》たちがいたの。

それぞれがタイプのちがう美形《びけい》。そしてものすっごい名家《めいか》の息子《むすこ》。

ひとことで言《い》うと、カリスマ？　学園《がくえん》の支配者《しはいしゃ》？　みたいな。

彼《かれ》らこそ、名門《めいもん》・英徳学園《えいとくがくえん》の象徴《しょうちょう》！　だったんだよね。


でも――それももう昔《むかし》の話《はなし》。

彼《かれ》らが卒業《そつぎょう》すると同時《どうじ》に、入学希望者《にゅうがくきぼうしゃ》はがっくりと減《へ》ってしまったの。在校生《ざいこうせい》のなかからも、わざわざ編入試験《へんにゅうしけん》を受《う》けて転校《てんこう》していく子《こ》もでてきた。

それはしかたないのかもしれないけど、でも、そんなの許《ゆる》せないって生徒《せいと》もいるわけで。

そして結成《けっせい》されたのが――〈コレクト5《ファイブ》〉。

昔《むかし》の〈F4《エフフォー》〉と同《おな》じく、全員《ぜんいん》すっごい名家《めいか》の子女《しじょ》、そして美形《びけい》の五人組《にんぐみ》。

〈コレクト〉っていうのは、〈正《ただ》す人《ひと》〉っていう意味《いみ》。

五人《にん》だけに許《ゆる》されたブラックジャケットを身《み》につけ。

彼《かれ》らは今日《きょう》も、学園《がくえん》を〈正《ただ》す〉ために歩《ある》きまわっている――……。

この
ブラックジャケットと
Correct5《正しき5人》の
名にかけて
寄付金も
払えない
貧乏人を
この学園から
抹殺する
ぶるるっ

第《だい》1花《はな》

江戸川音《えどがわおと》はかくれ庶民《しょみん》

「じゃーん！　見《み》て見《み》て！」

リムジンのふかふかの後部座席《こうぶざせき》で、麻美《あさみ》が差《さ》しだしたのは、〈コレクト5《ファイブ》〉のリーダー、神楽《かぐら》木晴《ぎハルト》の写真《しゃしん》だった。

「何枚《なんまい》かあるからあげるよ！　音《おと》はどれがいい？」

目《め》の前《まえ》に写真《しゃしん》をつきだされて、江戸川音《えどがわおと》はちょっと困《こま》ってしまう。

「私《わたし》はいいや」

「えーっ、なんで!?」

信《しん》じられない、と、麻美《あさみ》と、もうひとりの友《とも》だち京子《きょうこ》が同時《どうじ》に叫《さけ》んだ。

「〈コレクト5《ファイブ》〉に興味《きょうみ》ないとかないわ～。それとも神楽木《かぐらぎ》くんじゃなくほかのだれかのファン？」

「……だれも」

「変《か》わってる～！」

ふたりはすごいいきおいで、〈コレクト5《ファイブ》〉がいかにすばらしいかを話《はな》しだす。

四人《にん》の男子《だんし》――神楽木晴《かぐらぎハルト》、平海斗《たいらかいと》、栄美杉丸《えいびすぎまる》、成宮一茶《なるみやいっさ》と、紅一点《こういってん》の真矢愛莉《まやあいり》。

彼《かれ》らは全員《ぜんいん》、日本《にほん》でトップクラスのお金持《かねも》ちの子《こ》どもたち。みんなのあこがれ。

「〈コレクト5《ファイブ》〉の『庶民狩《しょみんが》り』のおかげで、英徳《えいとく》の高《こう》レベルが保《たも》たれてるんだよ！」

『庶民狩《しょみんが》り』っていうのは、そのものずばり、〈コレクト5《ファイブ》〉のメンバーが、かくれ庶民《しょみん》をさがしだすこと。

親《おや》からの寄付金《きふきん》が止《と》まっている生徒《せいと》を調《しら》べあげ、クラスに押《お》しかけて、みんなの見《み》ている前《まえ》で退学届《たいがくとどけ》を書《か》かせるという、おそろしいお仕置《しお》き。

「そうそう！　どんどんやってもらわないと！　ライバル校《こう》の桃乃園《もものその》にぬかれちゃうもの！」

ねーっ、と、もりあがるふたりの間《あいだ》で、音《おと》はだんだん寒気《さむけ》がしてきた。

「……どうしたの、音《おと》？」

「あ！　私《わたし》ここで降《お》りる！　うち、このすぐ近《ちか》くだから！」

大《おお》きな声《こえ》をだすと、リムジンの運転手《うんてんしゅ》さんは、静《しず》かに車《くるま》を停《と》めてくれた。高級住宅街《こうきゅうじゅうたくがい》の広《ひろ》い道路《どうろ》は人通《ひとどお》りも少《すく》ない。

「大変《たいへん》だよね、音《おと》んちの運転手《うんてんしゅ》さんいつまで休暇取《きゅうかと》ってるの？　朝《あさ》も歩《ある》いて通《かよ》ってるんでしょ？」

「う、うん。ちょっと長《なが》びくみたいなの。でもダイエットにもなるし……」

じゃあまた明日《あした》ね！　と手《て》をふって、麻美《あさみ》のリムジンを見送《みおく》る。

そして──あたりをキョロキョロ。人《ひと》かげがないのを確認《かくにん》すると、全力《ぜんりょく》ダッシュ！

（あー!!　寿命《じゅみょう》がちぢむ!!）

そう。この高級住宅街《こうきゅうじゅうたくがい》に音《おと》の家《いえ》があったのは、ちょっと前《まえ》までの話《はなし》。

今《いま》は──このずっと先《さき》にある、小《ちい》さなアパートに住《す》んでいる。

音《おと》の父《ちち》は、化粧品《けしょうひん》メーカーの社長《しゃちょう》だったけど、二年前《ねんまえ》に倒産《とうさん》してしまった。

本当《ほんとう》なら、ものすごくお金《かね》のかかる英徳学園《えいとくがくえん》なんかやめて、公立《こうりつ》の高校《こうこう》に転校《てんこう》したほうがいいに決《き》まっている。

だけど──それはできない。音《おと》にはちょっと……事情《じじょう》があるから。

だから。だれにも知《し》られてはいけない。自分《じぶん》がもう、ドのつく庶民《しょみん》であることを。

もし知《し》られたりしたらまちがいなく〈コレクト5《ファイブ》〉の『庶民狩《しょみんが》り』にあってしまうから!!

そんなわけで。庶民《しょみん》の音《おと》は最近《さいきん》、コンビニエンスストアでバイトをしている。

「いらっしゃいませー」

自動《じどう》ドアのあく音《おと》で顔《かお》をあげると、音《おと》と同《おな》い年《どし》ぐらいの男《おとこ》の子《こ》が、迷彩柄《めいさいがら》のパーカのフードをかぶり、へんにオドオドしながら店《みせ》に入《はい》ってきた。

「こ、小林《こばやし》です。荷物《にもつ》……」

ぼそぼそと言《い》い、レジに紙《かみ》を差《さ》しだす。コンビニ指定《してい》になっている荷物《にもつ》の受《う》けとり票《ひょう》。

「えーと、『最強《さいきょう》の男《おとこ》・筋力《きんりょく》アップベルト』、と『強《つよ》くなる火星《かせい》の石《いし》』……」

レジの後《うし》ろに積《つ》んである段《だん》ボールのなかから、「小林《こばやし》さん」あての商品《しょうひん》をさがす。

(これって、なんか雑誌《ざっし》とかの後《うし》ろのページによくのってる怪《あや》しい広告《こうこく》の……)

買《か》っただけで奇跡《きせき》がおとずれる！　とか、たった十日間《とおかかん》であなたもマッチョなイケメンに！

とかいうアオリ文句《もんく》がついた、へんてこな商品《しょうひん》。

(本当《ほんとう》に買《か》う人《ひと》、いるんだな……)

でも、そんなことは顔《かお》にだしちゃだめ。営業《えいぎょう》スマイルでふたつの箱《はこ》をレジの上《うえ》におく。

「はい、お待《ま》たせいたしました。代金《だいきん》はカードひきおとしですね」

「お、おう」

あいかわらずキョドりながら手《て》を伸《の》ばした男《おとこ》と、正面《しょうめん》から目《め》が合《あ》う。

「——あっ！」

この人《ひと》――知《し》ってる!!

眼鏡《めがね》をかけて、フードかぶって、変装《へんそう》したつもりかもしれないけど!!

(〈コレクト5《ファイブ》〉のリーダー、神楽木晴《かぐらぎハルト》じゃないの――!!)

まちがいない。たしか、いくつもの会社《かいしゃ》を経営《けいえい》している神楽木《かぐらぎ》グループの社長《しゃちょう》の御曹司《おんぞうし》。

〈コレクト5《ファイブ》〉を結成《けっせい》し、『庶民狩《しょみんが》り』を始《はじ》めた張本人《ちょうほんにん》!!

(な、なんで……なんでこの人《ひと》が、こんなところにいるの!?)

筋金入《すじがねい》りのお坊《ぼっ》ちゃんお嬢《じょう》ちゃんばかりの英徳学園《えいとくがくえん》の生徒《せいと》は、ひとりでこんな下町《したまち》のコンビニなんかにぜったいに来《こ》ないはず!

(だから、ここをバイト先《さき》に決《き》めたのに!)

血《ち》の気《け》がひいてたおれそうな音《おと》を見《み》て――なぜか、神楽木晴《かぐらぎハルト》も真《ま》っ青《さお》になっている。

「お、お前《まえ》……まさか俺《おれ》のことを」

「な、なんのことでしょう、あっありがとうございましたっ」

商品《しょうひん》を押《お》しだすと、晴《ハルト》はものすごいいきおいでそれをかかえこんだ。片方《かたほう》の箱《はこ》が床《ゆか》に転《ころ》がりおちたけどほったらかしで、そのまま店《みせ》を飛《と》びだしていく。

「……どうしよう……」

見《み》られた。よりによって神楽木晴《かぐらぎハルト》に。

（い、いや……待《ま》って。大丈夫《だいじょうぶ》よ……だって、あいつは私《わたし》のこと知《し》らないもの）

むこうだって、こんなところでバイトしている女《おんな》が、英徳《えいとく》の生徒《せいと》だなんて思《おも》わない……はず。

これからずっと、とにかくずっと、〈コレクト5《ファイブ》〉から逃《に》げまわればいい。

（ぜったいに、あいつに近《ちか》づかなければいい――そうするしかないよ……）


……んだけれども。

その計画《けいかく》は、いきなり翌朝《よくあさ》に崩《くず》れさってしまった。


なぜならば。校門《こうもん》の近《ちか》くで、神楽木晴《かぐらぎハルト》が待《ま》ちかまえていた!!　から……。


「ひあっ」

思《おも》わずヘンな叫《さけ》び声《ごえ》をあげた音《おと》を、晴《ハルト》はにらみつけた。

「調《しら》べさせてもらったぜ。二年D組《ねんディーぐみ》・江戸川音《えどがわおと》。『エド・クオリティ化粧品《けしょうひん》』の社長令嬢《しゃちょうれいじょう》ってことらしいが、親父《おやじ》の会社《かいしゃ》はとっくに倒産《とうさん》してんだって？」

めちゃくちゃ悪《わる》そうな顔《かお》でこっちをのぞきこんでくる。

「コンビニでバイトか。このド庶民《しょみん》。ずうずうしく自分《じぶん》をいつわり平気《へいき》な顔《かお》して入《はい》りこむドブネズミが。このままさっさと消《き》えうせろ」

(ああ——終《お》わった。もう死《し》んだ)

音《おと》がぎゅっと目《め》をつぶったとき。

「や、やめてください」

悲鳴《ひめい》のような声《こえ》がした。

顔《かお》をあげると、少《すこ》し先《さき》で、英徳《えいとく》の女子生徒《じょしせいと》が、ふたりの男《おとこ》にからまれているのが見《み》えた。

「気取《きど》ってんじゃないよ。落《お》ちぶれ学園《がくえん》の生徒《せいと》が」

男《おとこ》たちは、白《しろ》い学生服《がくせいふく》を着《き》ていた。

(うちの制服《せいふく》じゃない。あれは——……)

「あれは、桃乃園学院《もものそのがくいん》の……」

桃乃園学院《もものそのがくいん》は、このところめきめきと知名度《ちめいど》をあげてきた、英徳《えいとく》のライバル校《こう》だ。

「古《ふる》くせぇ学校《がっこう》だなぁ。こんなとこいないでうちの学院《がくいん》に来《き》なよ。楽《たの》しいぜ～」

さわぎを聞《き》きつけ、英徳《えいとく》の生徒《せいと》たちが集《あつ》まってきた。でもだれも助《たす》けようとしない。

晴《ハルト》も、ただくやしそうに顔《かお》をゆがめながら、それを見《み》つめているだけだ。

（なんか――すっごい腹立《はらた》つ！）

「――守《まも》ってあげないの？」

思《おも》わず、そう口《くち》にだす。晴《ハルト》がおどろいたようにふりかえった。

「いつもえらそうにふんぞりかえって、『正す人《コレクト》』とか自分《じぶん》たちで言《い》っといて、こういうときなにもできないの？」

ええい、もう言《い》ってやれ！

「あんたじゃだれもついてこない！　情《なさ》けない！」

知《し》らないうちに、音《おと》の体《からだ》は動《うご》いていた。

「ちょっと！　やめてあげてよ！」

三人《にん》の間《あいだ》に割《わ》って入《はい》る。

「おー！　やっともうひとり来《き》た！　二対《たい》二で遊《あそ》びに行《い》こうぜ！」

でも、桃乃園《もものその》の男子《だんし》たちはあいかわらずへらへらと笑《わら》って、今度《こんど》は音《おと》にも手《て》を伸《の》ばしてくる。

「いい加減《かげん》にしてよ！」

そのとき。ゆらり、と、後《うし》ろに近《ちか》づいてきたのは――晴《ハルト》だった。

「ケガしたくなかったらとっとと帰《かえ》りな。うちの学園《がくえん》の門柱《もんちゅう》を、汚《きた》ねぇ手《て》でさわんな」

「は？　なんだ、おめー」

顔《かお》をしかめて彼《かれ》にむきなおった男子《だんし》の体《からだ》が吹《ふ》っ飛《と》んだ。

「！」

わあっ！　と、まわりの生徒《せいと》たちが歓声《かんせい》をあげる。

「すげえパンチ！　完全《かんぜん》に腰入《こしはい》ってたぜ……！」

「カッコいい！　神楽木《かぐらぎ》さんって強《つよ》かったんだな……！」

わあわあと誉《ほ》めたたえられ、晴《ハルト》はうれしそうだ。

（できるなら最初《さいしょ》からやれっていうのよ）

音《おと》は、そっとその場《ば》をはなれた。そして、晴《ハルト》にだけ見《み》える場所《ばしょ》に立《た》つと、カバンから例《れい》のモノをちらりと取《と》りだした。

それは――昨日《きのう》晴《ハルト》が忘《わす》れていった『強《つよ》くなる火星《かせい》の石《いし》』。

思《おも》ったとおり、晴《ハルト》は慌《あわ》ててかけ寄《よ》ってきた。

「お、お前《まえ》……それ！」

（こんなこともあろうかと！　これが最後《さいご》の切《き》り札《ふだ》）

音《おと》は、きっぱりと言《い》った。

「今《いま》はまだ黙《だま》っててあげる――でも、私《わたし》を追《お》いだそうとするなら、ぜんぶバラすからね！」


「くっそぉ、いてぇ……人間殴《にんげんなぐ》るとこっちの手《て》もこんなにいてぇのか……」

晴《ハルト》は、右手《みぎて》を押《お》さえてうめく。

となりのソファに座《すわ》っていた平海斗《たいらかいと》が、神経質《しんけいしつ》そうに眼鏡《めがね》を押《お》しあげながらため息《いき》をついた。

「見栄《みえ》を張《は》るのもたいがいにしとけよ晴《ハルト》。通販《つうはん》で買《か》った器具《きぐ》で筋《きん》トレしてても、ケンカが強《つよ》くなるわけじゃないんだからな。今日《きょう》はたまたま上手《うま》くいっただけだ」

ここは、校舎内《こうしゃない》にあるサロン――〈コレクト5《ファイブ》〉がたまり場《ば》にしている休憩室《きゅうけいしつ》だ。高額《こうがく》の寄付《きふ》金《きん》を納《おさ》めている生徒《せいと》だけが使《つか》える特別室《とくべつしつ》。

「通販《つうはん》、って？」

〈コレクト5《ファイブ》〉ただひとりの女子《じょし》、真矢愛莉《まやあいり》が聞《き》きかえす。晴《ハルト》は咳払《せきばら》いしてごまかした。

「な、なんでもねぇ！　と、とにかく、今《いま》はあの、江戸川音《えどがわおと》のことだ！」

「だから～、その女《おんな》がなんなの？」

「詳《くわ》しくはわかんねぇが、晴《ハルト》がデパートで買《か》い物《もの》してるところをそいつに見《み》られたんだと」

栄美杉丸《えいびすぎまる》が肩《かた》をすくめた。杉丸《すぎまる》はスポーツ万能《ばんのう》だが頭《あたま》はイマイチで、わりとなんでもすぐに信《しん》じてしまう。

「デパート、ねぇ……」

ひとりだけ本当《ほんとう》のことを知《し》っている海斗《かいと》が、またため息《いき》をつく。

「買《か》い物《もの》？　って、なに買《か》ったのよ晴《ハルト》」

「う、うるさい！　なんでもいいだろ！　とにかく俺《おれ》は、あいつを黙《だま》らせないと……」

「えー、そんなのフツーに追《お》いだせばいいじゃない」

愛莉《あいり》はおこったように言《い》った。

そんなことは晴《ハルト》にだってわかっている。でも。

『私《わたし》を追《お》いだそうとするなら、ぜんぶバラすからね！』

思《おも》いだしただけでも冷《ひ》や汗《あせ》がでてきた。

「い、意味《いみ》もなく追《お》いだすとか、俺《おれ》たちはやらない」

通販《つうはん》で筋《きん》トレ器具《きぐ》だの開運《かいうん》グッズだのを買《か》いこんでいることが校内《こうない》にバレたら、身《み》の破滅《はめつ》だ。

「そんなのかんたんじゃん。モノにしちゃえよ」

今《いま》まで黙《だま》っていた華道成宮流《かどうなるみやりゅう》の跡取《あとと》り、成宮一茶《なるみやいっさ》が口《くち》を開《ひら》いた。

「モノ……って？」

意味《いみ》がわからず聞《き》きかえす晴《ハルト》に、学園一《がくえんいち》のモテ男一茶《おとこいっさ》は、あきれたように笑《わら》う。

「てめぇの女《おんな》にしちまえばいいんだよ。〈コレクト5《ファイブ》〉のリーダーで、神楽木《かぐらぎ》グループの御曹司《おんぞうし》。くわえて、今朝《けさ》のあの一件《いっけん》で、お前《まえ》は今《いま》やヒーローだぜ」

「……ヒーロー……？」

……そうなのか？

「今《いま》のお前《まえ》にふりむかない女《おんな》なんかいると思《おも》うか？　めっちゃほれさせてやんなよ。したら女《おんな》なんざ、男《おとこ》のいいなりだぜ」

一茶《いっさ》はそう言《い》って、ニヤリと笑《わら》った。

第《だい》2花《はな》 神楽木晴《かぐらぎハルト》の困惑《こんわく》

「音《おと》ちゃん、明日《あした》のバーベキュー、参加《さんか》してくれるってホント？」

バイト仲間《なかま》の男性《だんせい》、山田《やまだ》が声《こえ》をかけてきた。棚《たな》の前《まえ》で品出《しなだ》しをしていた音《おと》は、顔《かお》をあげる。

「はい。いつも家《いえ》の用事《ようじ》で断《ことわ》ってばかりなので、たまにはと思《おも》って」

もうひとりのバイト、加山《かやま》もよろこんでいる。

「そりゃよかった。先輩《せんぱい》に頼《たの》んで車《くるま》だしてもらおうぜ——場所《ばしょ》は河原《かわら》の……」

「そんなところまで行《い》く必要《ひつよう》はない」

いきなり後《うし》ろから声《こえ》がして、音《おと》は飛《と》びあがった。

「か……神楽木《かぐらぎ》！」

いつのまにか、神楽木晴《かぐらぎハルト》が立《た》っていた！

「俺《おれ》はそこの女《おんな》の同級生《どうきゅうせい》だ。肉《にく》を焼《や》いて食《く》うなら、俺《おれ》の家《いえ》でやればいい」

びっくりしている山田《やまだ》たちに、晴《ハルト》はいきなり、どこからか取《と》りだしたカードを手《て》わたす。

「うわ、なにこれ？　オシャレなカード！　招待状《しょうたいじょう》？」

あまりのことに目《め》が点《てん》になっていた音《おと》は、ハッとわれにかえる。

「な、なによあんた、いきなり、いったいなにを考《かんが》えて――！」

だが、晴《ハルト》は、フッと格好《かっこう》をつけて笑《わら》うと、すたすたと店《みせ》をでていってしまった。


そして、次《つぎ》の日《ひ》。

「な……なにこの家《いえ》……門《もん》から家《いえ》が見《み》えない……」

晴《ハルト》の家《いえ》は――とんでもない豪邸《ごうてい》だった。

音《おと》の身長《しんちょう》の二倍《ばい》はあるオシャレな門《もん》のなかには、きれいに刈《か》りこまれた木《き》。咲《さ》き乱《みだ》れる花《はな》。

（ひいいいい、ケタがちがう……普通《ふつう》のお金持《かねも》ちじゃない……）

まるでヨーロッパの貴族《きぞく》の屋敷《やしき》だった。

美《うつく》しい芝生《しばふ》の上《うえ》に、真《ま》っ白《しろ》なクロスがかかったテーブルがならべられ、上品《じょうひん》な布《ぬの》のパラソルの下《した》、長《なが》いコック帽《ぼう》をかぶった料理人《りょうりにん》たちが、湯気《ゆげ》の立《た》つ料理《りょうり》を取《と》りわけている。その間《あいだ》にずらりとならんで頭《あたま》をさげているタキシードとメイド服《ふく》の使用人《しようにん》たち。

(これはっ！　ぜったいバーベキューじゃない！　上流階級《じょうりゅうかいきゅう》のガーデンパーティだよ！)

山田《やまだ》たちは完全《かんぜん》にビビってしまっていた。

「見《み》ろよあの肉《にく》……すげえデカイ……」

「最高級《さいこうきゅう》A5《エー》ランクの肉《にく》だ。食《く》ったら腹《はら》こわすかもな」

えらそうな声《こえ》がひびく。ふりかえった音《おと》は、ひっくりかえりそうになった。

(馬《うま》!?　し、しかも白馬《はくば》!?)

晴《ハルト》が、白《しろ》い馬《うま》にのって近《ちか》づいてくる――!!

「五歳《さい》の誕生日《たんじょうび》に、フランス大使《たいし》からプレゼントされた馬《うま》だ。なんだ、お前《まえ》ら馬《うま》も見《み》たことないのかよ」

カッコつけて馬《うま》からおりながら、晴《ハルト》は見下《みくだ》したように言《い》った。

「け、競馬《けいば》でなら……」

山田《やまだ》と加山《かやま》は青《あお》ざめ、すがるような目《め》で音《おと》を見《み》る。

晴《ハルト》はますますそっくりかえって笑《わら》った。

「なんだよ、江戸川音《えどがわおと》。すごい料理前《りょうりまえ》にして緊張《きんちょう》してんのか？　まあ、俺《おれ》ぐらいの男《おとこ》だったら、こういう場《ば》で食事《しょくじ》させてやれるけど？　お前《まえ》が頭《あたま》をさげて頼《たの》めば――」

その言葉《ことば》に――音《おと》のなかでなにかがプツッときれた。

目《め》の前《まえ》でシェフのひとりがきろうとしていた、大《おお》きな肉《にく》の塊《かたまり》をつかみとる。

そして、それをふりあげて――ボカッ!!

「肉《にく》で……ぶった！」

「坊《ぼっ》ちゃま！」

予想外《よそうがい》の展開《てんかい》に静《しず》まりかえる使用人《しようにん》たち。ブヒヒンと暴《あば》れる晴《ハルト》の馬《うま》。

尻餅《しりもち》をついたままほおを押《お》さえ、ポカンとしている晴《ハルト》。

「あんた、バカじゃないの？　いきなり自分《じぶん》の家《いえ》に呼《よ》びだして、えらそうな態度《たいど》――学園《がくえん》では王《おう》様《さま》だかなんだか知《し》らないけど、これだけは言《い》えるわ」

音《おと》はは吐き捨《す》てた。

「人《ひと》としては最低《さいてい》！　二度《にど》と誘《さそ》わないで！」

「なぜだ。なぜこんなことになってしまったんだ」

リムジンの後部座席《こうぶざせき》から身《み》をのりだし、コンビニでバイト中《ちゅう》の音《おと》を監視《かんし》しながら、晴《ハルト》はブツブツとつぶやく。

「あの女《おんな》は、おいしい料理《りょうり》と美《うつく》しい庭《にわ》にメロメロになり、白馬《はくば》で登場《とうじょう》した俺《おれ》に胸《むね》キュンし、身《み》を投《な》げだして『私《わたし》はあなたのしもべです——ぜったいにひみつは守《まも》ります』と言《い》うはずだったのに」

つきあわされている海斗《かいと》が、となりでため息《いき》をつく。

「あんな女《おんな》、愛莉《あいり》の言《い》うとおり追《お》いだせばいいだけだ。あいつがなにを言《い》いふらしたところで、だれも信《しん》じないだろう」

海斗《かいと》は、まさか、と言《い》いながら、晴《ハルト》を見《み》た。

「お前《まえ》——あの女《おんな》に、妙《みょう》な感情《かんじょう》を抱《いだ》いてるんじゃないだろうな」

晴《ハルト》は、双眼鏡《そうがんきょう》から目《め》をはなし、海斗《かいと》をにらみつける。

「海斗《かいと》——俺《おれ》は、伝説《でんせつ》の〈Ｆ４《エフフォー》〉のリーダー、道明寺司《どうみょうじつかさ》さんを心《こころ》から尊敬《そんけい》している」

「知《し》ってるさ。中等部《ちゅうとうぶ》のころ、街《まち》の不良《ふりょう》にカツアゲされてるところを助《たす》けてもらったんだろう。昔《むかし》はひょろひょろの坊《ぼっ》ちゃんだったお前《まえ》が、筋《きん》トレしたり、へんな開運《かいうん》グッズまで使《つか》って身長《しんちょう》を伸《の》ばそうとしたりしてんのも、みんな道明寺《どうみょうじ》さんみたいになりたいからなんだろ」

「——だが。俺《おれ》は、ひとつだけ納得《なっとく》できねぇことがある。道明寺《どうみょうじ》さんが、ド庶民《しょみん》の女《おんな》をパートナーに選《えら》んだことだ」

道明寺司《どうみょうじつかさ》の恋人《こいびと》が、高等部《こうとうぶ》から入学《にゅうがく》してきた、ごく普通《ふつう》の家庭《かてい》の女子《じょし》だったのは有名《ゆうめい》だ。

晴《ハルト》は叫《さけ》ぶように言《い》った。

「だから！　俺《おれ》があの、江戸川音《えどがわおと》とかいう女《おんな》に、そんな気持《きも》ちになることはありえん!!　学園《がくえん》をやめさせるだけなんて生《なま》ぬるいんだよ！　徹底的《てっていてき》に監視《かんし》してボッロボロにしてやる!!」

「お、落《お》ちつけ晴《ハルト》……ほら、江戸川《えどがわ》がでてきたぞ」

海斗《かいと》が指《ゆび》さした。

どうやらバイトは終《お》わったようで、音《おと》は私服《しふく》だった。バイト仲間《なかま》に手《て》をふって歩《ある》きだす。

そのとき、コンビニからもうひとり、若《わか》い男《おとこ》がでてきた。音《おと》の後《うし》ろを、少《すこ》しはなれてついていく。

やがて音《おと》の姿《すがた》が急《きゅう》に消《き》えた。すぐ横《よこ》の公園《こうえん》へ入《はい》ったようだ。近道《ちかみち》をするつもりなのか？

あとをつけていった男《おとこ》も——同《おな》じ場所《ばしょ》で姿《すがた》を消《け》した。

「……なんだ？　彼氏《かれし》かなんかか？　夜《よる》の公園《こうえん》デートかよ」

海斗《かいと》がつぶやいた。それを聞《き》いて——なぜか晴《ハルト》は、車《くるま》を飛《と》びだした。

歩道《ほどう》を走《はし》り、公園《こうえん》の遊歩道《ゆうほどう》に飛《と》びこむ。

街灯《がいとう》が少《すく》なくて暗《くら》かった。少《すこ》し先《さき》から、言《い》い争《あらそ》う声《こえ》が聞《き》こえる。

「前野《まえの》さん！　はなして！」

「いやだね。昨日《きのう》山田《やまだ》と加山《かやま》と遊《あそ》びに行《い》ったんだって？　なんで俺《おれ》も誘《さそ》ってくれなかったのさ。あのふたりのどっちが本命《ほんめい》？」

「そんなんじゃありません！　イヤっ」

さっきの男《おとこ》に、音《おと》が腕《うで》をつかまれている。音《おと》はもがいてふりほどこうとしている。

「マジメなこといっちゃって。音《おと》ちゃん、ホントはけっこう遊《あそ》んでるんでしょ？」

その言葉《ことば》が聞《き》こえたとたん、晴《ハルト》はなぜか、全力《ぜんりょく》でかけ寄《よ》った。

ドガッ！　と、力《ちから》いっぱい、男《おとこ》の背中《せなか》を蹴《け》り飛《と》ばす。

男《おとこ》はしばらくうめいていたが、そのうち起《お》きあがると、慌《あわ》てて走《はし》って逃《に》げていった。

江戸川音《えどがわおと》が、その場《ば》にへたりこんで、晴《ハルト》を見上《みあ》げている。

(俺《おれ》は――なにをやってるんだ……なんでこの女《おんな》を助《たす》けた？)

自分《じぶん》でも、なにがなんだかよくわからない。

「なに、してんのよ、こんなとこで」

こわかったのか、音《おと》の目《め》に涙《なみだ》が浮《う》かんでいた。その顔《かお》を見《み》て、晴《ハルト》はますます混乱《こんらん》する。

なんだろう、この胸《むね》にわきあがる感情《かんじょう》は。この熱《あつ》い気持《きも》ちは。

(ぜったいに——みとめられねぇ……俺《おれ》は選《えら》ばねぇ、ド庶民《しょみん》の女《おんな》なんか)

こんな女《おんな》に、なんらかの感情《かんじょう》を持《も》つことは、ありえねぇ——……。


晴《ハルト》は、自分《じぶん》の部屋《へや》の床《ゆか》に死《し》んだようにたおれこんでいた。

(俺《おれ》は、もうだめだ……)

自分《じぶん》にうろたえて、訳《わけ》のわからないことをわめきちらしてしまった。

『助《たす》けてもらったとか思《おも》ってんじゃねぇぞ！　かんちがいして調子《ちょうし》こくなよ！』

音《おと》は、最初《さいしょ》は少《すこ》しうれしそうだったが、だんだん目《め》がつりあがってきて、そして叫《さけ》んだ。

『あんた、私《わたし》をつけてきてたの？　気持《きも》ち悪《わる》い！　もうウロチョロしないで！』

その言葉《ことば》が、胸《むね》に刃物《はもの》のように刺《さ》さって、どうしても忘《わす》れられない。

(俺《おれ》は……ウロチョロしている気持《きも》ち悪《わる》い男《おとこ》だったのか……)

そのとき、ドアから顔《かお》をだしたひとりのメイドが、おそるおそる言《い》った。

「あの……坊《ぼっ》ちゃん。お友《とも》だちが門《もん》のところでお待《ま》ちです」

門《もん》で待《ま》っていたのは――音《おと》だった。

「な……なにしに来《き》やがった、てめぇ！」

思《おも》わず怒鳴《どな》りつけた晴《ハルト》を、音《おと》はくやしそうに、でもまっすぐに見上《みあ》げた。

「さっき、言《い》いわすれたから――」

「これ以上《いじょう》なんか言《い》うか！　言《い》ってみろ！」

「ありがとう。助《たす》けてくれて」

「!!」

音《おと》は、それだけ言《い》うと、くるりと背《せ》をむけて、歩《ある》きさっていった。

晴《ハルト》は、真《ま》っ赤《か》になりながら、そこにしばらく立《た》ちつくしていた――……。

ありがとう
助けてくれて

日曜日《にちようび》の原宿駅前《はらじゅくえきまえ》で。

「な、なにそれ、その格好《かっこう》——!?」

場《ば》ちがいなリムジンから降《お》りてきた晴《ハルト》の服装《ふくそう》を見《み》て、音《おと》は思《おも》わず叫《さけ》んだ。

つば広帽《ひろぼう》に革《かわ》のフリンジつきベスト。ジーンズにロングブーツ。どう見《み》てもカウボーイだ。

「今日《きょう》のラッキーアイテムが西部劇《せいぶげき》だったんだよ!!」

晴《ハルト》は真《ま》っ赤《か》になりながら叫《さけ》ぶ。通《とお》りすがりの人《ひと》たちが、指《ゆび》さして笑《わら》っていた。

(そういえば、へんなグッズを買《か》いこんで盲信《もうしん》する人《ひと》だった)

数日前《すうじつまえ》、とつぜん学校《がっこう》で「いっしょにパンケーキを食《く》いに行《い》ってくれたら、今《いま》までのいろいろはチャラにしてやる」と話《はな》しかけられ、訳《わけ》がわからずオーケーしてしまったが、いったいなんなんだろう。

悪目立《わるめだ》ちしている晴《ハルト》から少《すこ》しはなれて、さっさと歩《ある》きはじめる。

ところが。

「……えっ、ウソ！　日曜《にちよう》なのに閉《し》まってる!?」

人気《にんき》のパンケーキ店《てん》のドアには、「本日臨時休業《ほんじつりんじきゅうぎょう》」の札《ふだ》がかかっていた。

それなのに、晴《ハルト》はそのままドアを押《お》しあけ、なかに入《はい》っていってしまう。

「ちょっと！　お休《やす》みって書《か》いてあるじゃない！」

でも、店《みせ》のなかは明《あか》るく、きちんとした正装《せいそう》の店員《てんいん》が待《ま》っていた。晴《ハルト》に深々《ふかぶか》と頭《あたま》をさげる。

「いらっしゃいませ、お待《ま》ちしておりました。オーナー」

（は？　オ……オーナー？）

「店《みせ》ごと買《か》い取《と》ったんだ。行列《ぎょうれつ》なんかにならんでられるかよ」

晴《ハルト》はあたりまえのように言《い》った。

ぽかーんとしているうちに、一番《いちばん》いい席《せき》に通《とお》され、あれよあれよという間《ま》に、目《め》の前《まえ》に人気《にんき》のパンケーキがでてくる。たっぷりの生《なま》クリームの上《うえ》にクランベリーのソースがかかったやつ。

ところが、いつまで待《ま》っても、晴《ハルト》のところにはコーヒーしか運《はこ》ばれてこなかった。晴《ハルト》もべつにおこる様子《ようす》もない。注文《ちゅうもん》していないみたいだった。

「なんで食《た》べないの？　食《た》べたかったんじゃないの？」

「生《なま》クリームは苦手《にがて》なんだよ」

ここは生《なま》クリームたっぷりが売《う》りの店《みせ》なのに？

（ひとりで行《い》くのも、男同士《おとこどうし》で行《い》くのもみっともないからつきあえって言《い》われたのに——それに、店《みせ》を買《か》い取《と》ることができるなら、〈コレクト5《ファイブ》〉の仲間《なかま》つれてくればいいんだし……）

音《おと》は、ハッとなった。

数日前《すうじつまえ》、晴《ハルト》に声《こえ》をかけられる前《まえ》、音《おと》は廊下《ろうか》で、友《とも》だちの麻美《あさみ》たちと、この店《みせ》の話《はなし》をしていた。

(今度《こんど》行《い》こうって誘《さそ》われたの、断《ことわ》ったんだよね。お金《かね》もないし、バイトあるし……もしかして、それを──聞《き》かれてた？　だから誘《さそ》ってくれたの？)

音《おと》は、おそるおそる晴《ハルト》にたずねた。

「あの……なんで私《わたし》にそんなにかまうんですか」

晴《ハルト》はコーヒーを吹《ふ》きだしたけど、音《おと》はかまわずつづけた。

「私《わたし》、あなたが通販《つうはん》でへんなモノいっぱい買《か》ってるなんて、ぜったいに人《ひと》に言《い》わない。この前《まえ》はおどしたりしてごめんなさい。私《わたし》は、どうしても英徳《えいとく》にいなきゃならない理由《りゆう》があって──だから」

「理由《りゆう》ってなんだよ」

「それは……ちょっと言《い》えない」

音《おと》がうつむくと、晴《ハルト》はなぜか、ニヤリと笑《わら》った。

「やっぱりな。お前《まえ》もそうかよ──」

「は？」

「〈F4《エフフォー》〉だろ？　英徳《えいとく》にいる理由《りゆう》」

晴《ハルト》はうっとりした顔《かお》で語《かた》りはじめる。

「おどろいたな、お前《まえ》もだったのかよ――でもわかるぜ。俺《おれ》も、あの人《ひと》がいたから今《いま》の俺《おれ》があるって思《おも》ってるからな」

「あ、あの人《ひと》、って？」

「〈F4《エフフォー》〉のリーダー、道明寺司《どうみょうじつかさ》さんだよ。俺《おれ》は中等部《ちゅうとうぶ》のころ、あの人《ひと》に助《たす》けてもらったことがあって……だから、道明寺《どうみょうじ》さんがアメリカに立《た》つ前日《ぜんじつ》、俺《おれ》は言《い》ったんだ。『道明寺《どうみょうじ》さんに助《たす》けてもらってから、ずっとあこがれてました。〈F4《エフフォー》〉のみなさんがいなくなっても、俺《おれ》がんばります』って。そしたらあの人《ひと》は俺《おれ》にこう言《い》った。『おう、頼《たの》んだぜ。この英徳《えいとく》を』……」

（な、なに言《い》ってるのこの人《ひと》⁇）

「だから俺《おれ》は〈コレクト5《ファイブ》〉を作《つく》った。道明寺《どうみょうじ》さんや〈F4《エフフォー》〉のみなさんが愛《あい》したこの英徳学園《えいとくがくえん》を、ぜったいに立《た》てなおすって、誓《ちか》ったんだ」

「………」

その顔《かお》を見《み》ていると、音《おと》は不思議《ふしぎ》な気持《きも》ちになってきた。

（この人《ひと》――本気《ほんき》なんだな）

〈F4《エフフォー》〉に――道明寺司《どうみょうじつかさ》に本気《ほんき》であこがれていて、英徳学園《えいとくがくえん》の立《た》てなおしにすべてを捧《ささ》げている。

（すごくへんだけど……悪《わる》いやつではないのはわかる……）

音《おと》は、急《きゅう》に申《もう》し訳《わけ》なくなった。

（ものすごく真剣《しんけん》なのがわかるから――ウソついちゃいけない気《き》がする……）

「……あの、ごめん」

音《おと》は、ぺこりと頭《あたま》をさげた。

「ちゃんと言《い》うね――私《わたし》が英徳《えいとく》にいなきゃいけない理由《りゆう》は、あんたとはちがうの」

「え？」

「私《わたし》、私《わたし》には――」

音《おと》は、今《いま》までクラスメートのだれにも言《い》わなかったひみつを、打《う》ちあけた。

「子《こ》どものころからずっと決《き》められてたいいなずけがいるの。十八になったら結婚《けっこん》する」

だから。

「それまで、英徳《えいとく》に在学《ざいがく》してなきゃいけないの――……」

いいなずけが
いるの

第《だい》3花《はな》　その病名《びょうめい》は、恋《こい》

「けっ……こん?」

予想《よそう》もしていなくて、晴《ハルト》はただ、バカみたいにその言葉《ことば》をくりかえした。

「うん。だから、あと一年半《ねんはん》――卒業《そつぎょう》まで英徳《えいとく》から追《お》いださないで」

お願《ねが》いします、と、音《おと》が頭《あたま》をさげる。

(言葉《ことば》がでねえ――心臓《しんぞう》の音《おと》だけがすげえ……)

じゃあ帰《かえ》るね、と、音《おと》が立《た》ちあがる。店《みせ》からでていこうとする。

「え、江戸川《えどがわ》!」

思《おも》わず呼《よ》びとめた。音《おと》がびっくりしたような顔《かお》でふりかえる。

「……お前《まえ》、ダセエな!!」

(な、なに言《い》ってるんだ俺《おれ》は!)

「いいなずけとか! 自分《じぶん》の意志《いし》とかないのかよ! 親《おや》のいいなりかよ、カッコわりぃ!」

音《おと》の顔《かお》から、みるみる血《ち》の気《け》がひいていった。

「結婚相手《けっこんあいて》に貧困生活《ひんこんせいかつ》救《すく》ってもらうのか！　ひどい人生《じんせい》だなおい！　悲惨《ひさん》すぎ！」

（やべえ……止《と》まんねえ）

音《おと》は、しばらくうつむいて黙《だま》っていたが、顔《かお》をあげると、きっぱりと言《い》った。

「そんなこと言《い》われなくてもわかってる。だけど、その私《わたし》のひどい人生《じんせい》には、あんたは一ミリも関係《かんけい》ないでしょ」

そう言《い》うと、くるりと背《せ》をむけ、すたすたと店《みせ》をでていく。

（確《たし》かに——一ミリどころか、まったく関係《かんけい》ねぇし）

今日《きょう》のパンケーキだって、同情《どうじょう》して哀《あわ》れんでつれてきてやっただけ。それだけのはず。

（いいなずけに——つれてきてもらやよかったじゃねーか！　バカバカしい！　ふざけんな！）

ものすごく腹《はら》が立《た》ってきた。でも、なぜ腹《はら》が立《た》つのかわからない。

（いいなずけ——って、どんなヤツなんだ？）

ぐるぐると目《め》がまわる。

「か、関係《かんけい》ねえ!!」

どうでもいい!!　マジで死《し》ぬほどどーでもいい！

「おい。晴《ハルト》。どこ行《い》ってたんだよ」

ふらふらしながら晴《ハルト》が家《いえ》に帰《かえ》ると、〈コレクト5《ファイブ》〉のひとり、栄美杉丸《えいびすぎまる》が待《ま》っていた。

「これ見《み》てくれ。どうやら思《おも》っていたよりうちの学園《がくえん》はヤバイ状態《じょうたい》みたいだぜ」

そう言《い》って杉丸《すぎまる》が差《さ》しだしたのは、一冊《いっさつ》の週刊誌《しゅうかんし》だ。

【英徳学園王者交代《えいとくがくえんおうじゃこうたい》】という見出《みだ》しで、「名門《めいもん》にかげり・陥落《かんらく》の危機《きき》」とアオリがついている。

「去年《きょねん》の入学志願者数《にゅうがくしがんしゃすう》では、二位《い》の桃乃園《もものぞの》との差《さ》がほとんどなかったらしい。ここに専門家《せんもんか》が書《か》いてるだろ？　来年《らいねん》は確実《かくじつ》に一位《い》と二位《い》が入《い》れ替《か》わるだろうって」

杉丸《すぎまる》は、記事《きじ》を指《ゆび》さしながら言《い》う。

「桃乃園《もものぞの》について、ちょっと調《しら》べてみたんだが、学校内《がっこうない》の施設《しせつ》が整《ととの》ってるとか、建物《たてもの》が凝《こ》ってるとかだけじゃないんだ。外《そと》から生徒《せいと》が集《あつ》まってくるのは、スター生徒《せいと》がいるんだってよ」

「スター？　それって……」

晴《ハルト》はハッとした。

「そうなんだよ。まるで〈F4《エフフォー》〉だぜ。だけどあっちはひとりだけだ」

杉丸《すぎまる》は肩《かた》をすくめた。

「桃乃園《もものぞの》っていったら成金《なりきん》イメージだけど、そいつは別格《べっかく》らしい。『馳天馬《はせてんま》』っていうヤツ」

天《てん》の馬《うま》なんて、名前《なまえ》までスターかよ！　と、杉丸《すぎまる》は叫《さけ》んだが、そのとき、やっと晴《ハルト》の顔色《かおいろ》が悪《わる》いことに気《き》づいたらしい。

「おい、大丈夫《だいじょうぶ》か？　真《ま》っ青《さお》だぜ？」

「悪《わる》い……めまいが。それに胸焼《むねや》けもする……」

晴《ハルト》はそのまま、ベッドにたおれこんだ。


「おい、晴《ハルト》。大丈夫《だいじょうぶ》か」

様子《ようす》を見《み》にきた平海斗《たいらかいと》がのぞきこんでくる。晴《ハルト》が学校《がっこう》を休《やす》んでもう三日目《みっかめ》だった。

「ああ……うん」

ベッドに横《よこ》たわったまま、ぼんやり天井《てんじょう》を見《み》つめる。

「ずっと気分《きぶん》が悪《わる》いんだ……江戸川音《えどがわおと》とでかけてからだ。俺《おれ》は謎《なぞ》の貧乏《びんぼう》ウイルスにやられたのかもしれない」

「その江戸川音《えどがわおと》のことだが、つきあっているやつがいるそうだ。その相手《あいて》っていうのが――」

海斗《かいと》の言葉《ことば》で、晴《ハルト》は完全《かんぜん》にショック死《し》しそうになった。

「桃乃園学院《もものそのがくいん》の生徒会長《せいとかいちょう》、馳天馬《はせてんま》らしい」

目《め》の前《まえ》が、真《ま》っ暗《くら》になった。

猛烈《もうれつ》な吐《は》き気《け》。めまい。動悸《どうき》。息切《いきぎ》れ。

「おい！　おい晴《ハルト》、しっかりしろ！」

「もうだめだ。海斗《かいと》。俺《おれ》は死《し》ぬ」

体《からだ》のなかからヘンな音《おと》がする。きしむみたいな。

「俺《おれ》が死《し》んだら、英徳学園《えいとくがくえん》を頼《たの》む――ごめん、こんなことになって」

伸《の》ばした手《て》を、海斗《かいと》はつかんでくれない。そのかわり、あきれたように言《い》った。

「晴《ハルト》。よく聞《き》け――たぶんその病名《びょうめい》は」

恋《こい》、ってやつだ——と、海斗《かいと》は言《い》った。

「恋《こい》？」

バカ言《い》ってんじゃねぇ！　と、晴《ハルト》は飛《と》びおきる。

「俺《おれ》にはやることが山《やま》ほどあって、女《おんな》なんかにうつつぬかしてる場合《ばあい》じゃねぇ！」

「そうか。江戸川音《えどがわおと》のことなんて、どうでもいいか」

その名前《なまえ》を聞《き》いたとたん、晴《ハルト》は胸《むね》を押《お》さえてひっくりかえった。

「心臓《しんぞう》が痛《いて》ええええええ」

海斗《かいと》は、おもしろ半分《はんぶん》に「江戸川《えどがわ》」「えどがわ」とくりかえす。そのたびに晴《ハルト》はのたうちまわる。

「アレみたいだな。孫悟空《そんごくう》の輪《わ》っか」

晴《ハルト》の頭《あたま》のなかに、杉丸《すぎまる》の、音《おと》の言葉《ことば》がぐるぐるまわる。

『そいつは別格《べっかく》らしい。「馳天馬《はせてんま》」っていうヤツ』

『十八になったら結婚《けっこん》する』

「ちっくしょう！」

なんなんだ！　やめてくれ！

ダイヤモンドのカットはダイヤモンドのみで行《おこな》われる。

この俺《おれ》が、あんな道《みち》ばたの石《いし》ころみたいな女《おんな》に恋《こい》するなんて!!

「ぜったいちがう!!」

ベッドを転《ころ》げまわりながら、晴《ハルト》が叫《さけ》んだとき。

「おい、晴《ハルト》!」

いきなり入《はい》ってきたのは、杉丸《すぎまる》だった。手《て》に、白《しろ》い学生服《がくせいふく》を持《も》っている。

「俺《おれ》と、桃乃園《もものその》を偵察《ていさつ》に行《い》かないか!」


「すげえ……ところどころ金箔《きんぱく》貼《は》ってあるぜ。ハデさがえげつねえ……」

こっそり手《て》に入《い》れた制服《せいふく》を着《き》て、桃乃園学院《もものそのがくいん》に忍《しの》びこんだ晴《ハルト》と杉丸《すぎまる》は、その豪華《ごうか》さに、ただただおどろくばかりだ。

「すっげ……美術館《びじゅつかん》かよ、金《かね》かけてんな」

校舎《こうしゃ》はまるでヨーロッパのお城《しろ》のよう。彫刻《ちょうこく》に飾《かざ》られた柱《はしら》。金色《きんいろ》の手《て》すり。窓《まど》にはぜんぶ美《うつく》しいステンドグラスがはめられている。広《ひろ》い庭《にわ》には運河《うんが》が流《なが》れ、まるでヴェネツィアの街《まち》だ。

「生徒《せいと》たちの顔見《かおみ》てみろよ。気持《きも》ち悪《わり》ぃぐらいイキイキしてるぜ」

晴《ハルト》も真《ま》っ青《さお》になりながらうなずく。と、そのとき。

「いらっしゃったよ！」

歩《ある》いていた生徒《せいと》たちが、とつぜん廊下《ろうか》の両側《りょうがわ》に二列《れつ》になって整列《せいれつ》した。

その廊下《ろうか》の真《ま》ん中《なか》を、ほほえみながらひとりの男子生徒《だんしせいと》がゆっくりと歩《ある》いてくる。

「おはようございます！　馳天馬《はせてんま》さま！」

いっせいに、生徒《せいと》たちが声《こえ》をそろえた。

「馳天馬《はせてんま》――あいつが、生徒会長《せいとかいちょう》」

晴《ハルト》は目《め》を見張《みは》る。

すらりと背《せ》が高《たか》く、さわやかなイケメンだった。左目《ひだりめ》の泣《な》きぼくろがまたイカす。

「大物《おおもの》のオーラすげえな」

杉丸《すぎまる》がつぶやく。

「おい、お前《まえ》らうちの生徒《せいと》じゃないだろ！」

しまった、聞《き》かれた、と思《おも》ったときには、何人《なんにん》かの男子《だんし》たちにかこまれていた。

「あっ、こいつ！　英徳《えいとく》の栄美杉丸《えいびすぎまる》だ！」

「本当《ほんとう》だ！　こっちは神楽木晴《かぐらぎハルト》じゃねぇか！」

スパイだ！　スパイがいる！　と大《おお》さわぎになる。そのとき。

「やめろ！　俺《おれ》のお客《きゃく》だ！」

そうきっぱりと言《い》いきったのは、馳天馬《はせてんま》その人《ひと》だった。

しーんと静《しず》まりかえるなか、天馬《てんま》はゆっくりとふたりの前《まえ》に立《た》つ。

「ようこそ、神楽木晴《かぐらぎハルト》さんと栄美杉丸《えいびすぎまる》さん。〈コレクト5《ファイブ》〉は有名《ゆうめい》なので、よく知《し》ってます」

天馬《てんま》はおだやかに笑《わら》った。

（なんだこいつ――なんで笑《わら》えるんだ）

晴《ハルト》はものすごくムカムカしてきて、つい叫《さけ》んでしまった。

「この前《まえ》、お前《まえ》のところの生徒《せいと》が、うちの校門前《こうもんまえ》でクダを巻《ま》いた！　これでおあいこだな！」

ざわっ、と生徒《せいと》たちが顔《かお》を見《み》あわせる。

「帰《かえ》るぞ杉丸《すぎまる》！」

「お、おう……」

おどろいてかたまっている杉丸《すぎまる》をうながし、天馬《てんま》に背《せ》をむける。

馳《はせ》天《てん》馬《ま》
あいつが
生徒会長

「神楽木《かぐらぎ》くん」

だが、天馬《てんま》はやっぱりおだやかに、そしてきっぱりと言《い》った。

「ありがとう。校門前《こうもんまえ》でさわいだ生徒《せいと》はさがして注意《ちゅうい》する。申《もう》し訳《わけ》ない」

晴《ハルト》は息《いき》をのんだ。

こんなやつがいるのか。まるで、生《う》まれながらのリーダーじゃないか。

それにくらべて、自分《じぶん》はどうだろう。

（俺《おれ》は――〈F4《エフフォー》〉の道明寺《どうみょうじ》さんにあこがれ、ただモノマネしているだけ）

人《ひと》に尊敬《そんけい》されたくて、必死《ひっし》こいて英徳《えいとく》にぶらさがってるだけだ――……。


「あ……あんた、こんなところでなにしてんの」

音《おと》は、びっくりして言《い》った。

コンビニの出入《でい》り口《ぐち》そば、分別《ぶんべつ》ゴミ箱《ばこ》のところにしゃがみこんでいるのは――晴《ハルト》だ。

「それに、その制服《せいふく》――桃乃園学院《もものぞのがくいん》の」

晴《ハルト》は、ふらりと立《た》ちあがった。じっと音《おと》を見《み》つめる。

「なによ……どうしたの」

「だめか」

ものすごく真剣《しんけん》な顔《かお》で、晴《ハルト》は言《い》った。

「えっ……だめって、なにが？」

「俺《おれ》じゃだめか」

な――なにを言《い》ってるの？　この人《ひと》。

俺《おれ》じゃだめ、って――なにが？

呆然《ぼうぜん》としている音《おと》の目《め》の前《まえ》で――晴《ハルト》はそのまま、その場《ば》にたおれこんでしまった。


「な、なんだここは！　ブタ小屋《ごや》か！」

叫《さけ》ぶ晴《ハルト》のみぞおちに、音《おと》はパンチを食《く》らわした。

「失礼《しつれい》なこと言《い》わないで！　あんたが昨日《きのう》からなにも食《た》べてないとか言《い》うから、紺野《こんの》さんがわざわざ家《いえ》までつれてきてくれたんでしょ！」

「いーのいーの、アタシ、そうじとか苦手《にがて》でさー」

この、古《ふる》いアパートの主《ぬし》、バイト仲間《なかま》の紺野《こんの》は笑《わら》う。ギャルっぽいお姉《ねえ》さんだけど、明《あか》るくて親切《しんせつ》で、音《おと》とはわりと仲《なか》よしだった。

「音《おと》っち、冷蔵庫《れいぞうこ》のなかのモノでなにか作《つく》ってよ。いつも家《いえ》で作《つく》ってるって言《い》ってたでしょ」

「ええっ⁉」

びっくりしている間《あいだ》に、紺野《こんの》は「ジュース買《か》ってくる」と言《い》ってでていってしまった。

部屋《へや》には、音《おと》と晴《ハルト》のふたりきり。

しかたなく、音《おと》は制服《せいふく》のジャケットを脱《ぬ》ぎ、冷蔵庫《れいぞうこ》をあけた。

(うーん、これだったら炒《いた》め物《もの》とお味噌汁《みそしる》ぐらいかな……)

「お、お前《まえ》、料理《りょうり》とか作《つく》れるのかよ」

晴《ハルト》がおどろいたように言《い》う。

「作《つく》れるよ。シェフもお手伝《てつだ》いさんもいないんだから作《つく》るしかないでしょ」

そう言《い》いながら、てきぱきと野菜《やさい》をきっていく。

「ところで、さっきのなんだったの？『俺《おれ》じゃだめか』って」

「そ、それはだな……」

音《おと》は、料理《りょうり》をしながらため息《いき》をつく。

「なんだか知《し》らないけど、自分《じぶん》とだれかをくらべても、いいことないと思《おも》う。がんばったってその人《ひと》にはなれないんだし。自分《じぶん》にしかないもの大事《だいじ》にすれば？」

「……た、例《たと》えば、なんだよ」

「うーん……通販好《つうはんず》きで意外《いがい》と庶民的《しょみんてき》なとこ？」

「そんなん売《う》りにできっかよ！」

晴《ハルト》はおこりだしたが、音《おと》は笑《わら》ってしまった。

「大丈夫《だいじょうぶ》だよ。あんたのこと、私《わたし》のまわりの子《こ》たちはわりと慕《した》ってるよ」

「そ……そうか」

(なに赤《あか》くなってるんだろ。ヘンなの)

そんなことを言《い》ってるうちに、紺野《こんの》が帰《かえ》ってきたので、音《おと》は、さっさとテーブルの上《うえ》を片付《かたづ》け、できあがった炒《いた》め物《もの》と味噌汁《みそしる》をならべる。

晴《ハルト》もしぶしぶ炒《いた》め物《もの》に口《くち》をつけた。

「う……うまい」

びっくりした顔《かお》でつぶやく。

「よかった。ささみしかなかったからそれで作《つく》ったけど」

音《おと》の言葉《ことば》を聞《き》いたとたんに、晴《ハルト》はかたまった。

「こ、これ、ささみ？」

「うん。なんで？」

「前《まえ》に肉体改造《にくたいかいぞう》で食《く》いすぎて――拒否反応《きょひはんのう》が」

見《み》ると、晴《ハルト》の顔《かお》にプツプツと赤《あか》い発疹《ほっしん》が浮《う》かんでいる。

「か、かゆいーっ！」

そう言《い》いながら畳《たたみ》の上《うえ》を転《ころ》げまわる晴《ハルト》に、大丈夫《だいじょうぶ》？　と声《こえ》をかけながら、音《おと》はなんだか笑《わら》えてきてしまった。

（ヘンなヤツ、神楽木晴《かぐらぎハルト》――ホントムカツクのに、なんかおかしい）

学校《がっこう》じゃ、あんなにふんぞりかえっていばってるのに、この落差《らくさ》。

ホント、ヘンなヤツ――！


「今《いま》からむかえの車来《くるまく》るけど、のってかないのか」

まだ赤《あか》いプツプツが残《のこ》る顔《かお》で、晴《ハルト》が言《い》う。

「うん。それより早《はや》く病院行《びょういんい》きなよ。じゃあね」

紺野《こんの》の部屋《へや》をでると、もう日《ひ》が暮《く》れかけていた。歩《ある》きだそうとする音《おと》を、晴《ハルト》が呼《よ》びとめる。

「あの……あれ、こないだの日曜《にちよう》の、あれな」

「日曜《にちよう》って、パンケーキのときの？　もしかして、私《わたし》にひどいこと言《い》って悪《わる》かったとか思《おも》ってる？」

音《おと》が言《い》うと、晴《ハルト》の目《め》が泳《およ》ぐ。図星《ずぼし》みたいだ。

なんだか笑《わら》ってしまった。

「いーよ、もう。確《たし》かにツッコみたくなるような人生《じんせい》だし」

そう言《い》った音《おと》に、晴《ハルト》は真顔《まがお》で言《い》った。

「関係《かんけい》ないとか、言《い》うなよ」

「え？」

「お前《まえ》の人生《じんせい》に俺《おれ》は一ミリも関係《かんけい》ないとか、言《い》うなっつーの！」

そう言《い》うと、くるりと背《せ》をむけて走《はし》りだしてしまう。

なんなの？　ホントになんなの？

(神楽木《かぐらぎ》の顔《かお》、真《ま》っ赤《か》だったけど――まだかゆいのかなぁ？)

だけど――笑《わら》っていられたのは、その日《ひ》が最後《さいご》だった。

おまえの人生に
俺は1ミリも関係ないとか
言うなっつーの

第《だい》4花《はな》 一番《いちばん》大事《だいじ》なものは

【2年D組《ねんディーぐみ》　江戸川音《えどがわおと》は　ド庶民《しょみん》　でていけ!!】

次《つぎ》の日《ひ》——学校中《がっこうじゅう》に、そう書《か》かれたビラがまきちらされていた。

「涼《すず》しい顔《かお》して、ずうずうしい！」

「かくれ庶民《しょみん》が！」

クラスメートたちが叫《さけ》ぶ。教室《きょうしつ》の机《つくえ》とイスも、廊下《ろうか》に放《ほう》りだされる。

仲《なか》のよかった麻美《あさみ》と京子《きょうこ》も、まるでゴミを見《み》るような目《め》をしている。

（……なんで……こんなことに……）

「江戸川音《えどがわおと》」

とつぜん後《うし》ろから声《こえ》をかけられて、音《おと》がふりむくと、立《た》っていたのは〈コレクト5《ファイブ》〉の紅一点《こういってん》、真矢愛莉《まやあいり》だ。

「晴《ハルト》ならいないよ。泣《な》きつこうったってだめだから」

「……このビラは、神楽木《かぐらぎ》……さんが？」

「そうよ。私《わたし》が晴《ハルト》に頼《たの》まれたの。英徳《えいとく》のライバル校《こう》、桃乃園学院《もものそのがくいん》の生徒会長《せいとかいちょう》、馳天馬《はせてんま》とつきあっているなんて許《ゆる》せない、って言《い》ってた」

「な、なんでそれを」

音《おと》は、目《め》を見開《みひら》き――それから、ハッとなった。

（もしかして――調《しら》べたの？　だから昨日《きのう》、桃乃園学院《もものそのがくいん》の制服《せいふく》を着《き》てたの？）

憎《にく》めない、って――悪《わる》い人《ひと》じゃないって思《おも》ってたのに――……。


音《おと》は、学校《がっこう》をでてまっすぐに、いいなずけの馳天馬《はせてんま》の家《いえ》へやってきた。

大《おお》きな門《もん》。どっしりとした西洋館《せいようかん》。子《こ》どものころから何回《なんかい》も来《き》たことがあるけれど。

（ここもすごいけど、神楽木《かぐらぎ》の家《いえ》もすごかったな……）

なんで思《おも》いだすんだろう。あいつのこと。

（バーベキューって言《い》ったのに、ものすごいガーデンパーティしてさ……）

白馬《はくば》にのってあらわれて、ホントバカみたいだった。

でも、バイトの先輩《せんぱい》に公園《こうえん》でおそわれたとき、助《たす》けてくれた。

パンケーキ食《た》べに誘《さそ》ってきたり。

（……本当《ほんとう》に、あのビラは神楽木《かぐらぎ》が？）

ぼんやりと考《かんが》えていると、やっと天馬《てんま》がでてきた。

「音《おと》。めずらしいな、うちに来《く》るなんて」

あいかわらず、さわやかに笑《わら》っている。

「ごめんね、急《きゅう》に——あの、天馬《てんま》くん……まだ、母《はは》には話《はな》してないんだけど——私《わたし》」

英徳《えいとく》をやめることになった、と言《い》ったら、天馬《てんま》は絶句《ぜっく》した。

「天馬《てんま》くんの今《いま》のお義母《かあ》さまは、私《わたし》が英徳《えいとく》に通《かよ》っているのを条件《じょうけん》に、亡《な》くなったお母《かあ》さまの遺言《ゆいごん》を受《う》けいれられたんでしょ」

音《おと》の母《はは》と、天馬《てんま》の母《はは》は、大学時代《だいがくじだい》の大親友《だいしんゆう》だったらしい。

いつかはおたがいの子《こ》ども同士《どうし》を結婚《けっこん》させて、本当《ほんとう》の家族《かぞく》になろうって約束《やくそく》したそうだ。

だけど、天馬《てんま》の母《はは》は、その夢《ゆめ》を叶《かな》える前《まえ》に、病気《びょうき》で死《し》んでしまった。

だから、音《おと》の母《はは》は、どうしても親友《しんゆう》の遺言《ゆいごん》を守《まも》りたいと言《い》う。

でも、天馬《てんま》の父《ちち》は再婚《さいこん》していて、今《いま》の奥《おく》さんは、この婚約《こんやく》をあまりよく思《おも》っていない。

「もう、条件《じょうけん》が無効《むこう》になってしまったことを伝《つた》えにきました」

音《おと》は、ただただびっくりしている様子《ようす》の天馬《てんま》に、早口《はやくち》でつづける。

「亡《な》くなったお母《かあ》さまには申《もう》し訳《わけ》ないけど、天馬《てんま》くんはこれで自由《じゆう》になれるよ。私《わたし》、ずっと、天《てん》馬《ま》くんには、もっとふさわしい人《ひと》がいると思《おも》ってた」

「音《おと》。それってもしかして、〈コレクト5《ファイブ》〉が原因《げんいん》？」

天馬《てんま》は、思《おも》ったよりショックを受《う》けているみたいだった。

「神楽木《かぐらぎ》晴《ハルト》と栄美《えいび》杉丸《すぎまる》が、この間《あいだ》うちの学校《がっこう》にもぐりこんでいたけど、もしかして……」

「ううん、ちがう」

音《おと》は首《くび》をふった。

（そう――きっとちがう。やっぱり神楽木《かぐらぎ》が、そんなことをするとは思《おも》えない）

「これは、私《わたし》のせい。友《とも》だちを作《つく》るのもこわくて、だれのことも信用《しんよう》しなかったから」

ずっとウソをついて、人《ひと》をだましていた。自分自身《じぶんじしん》もだましていた。

そのバチがあたったんだ。きっと。

天馬《てんま》は、悲《かな》しそうな顔《かお》で音《おと》を見《み》つめた。

「音《おと》は、昔《むかし》はいつも笑《わら》ってたよな。生《い》きてるのが楽《たの》しくてしかたないって感《かん》じで。よくしゃべって、言《い》いたいこと言《い》って——もし、英徳《えいとく》をやめたら、音《おと》は、昔《むかし》の音《おと》にもどれる？」

わからない、と、音《おと》は言《い》った。

（だけど——……）

この苦《くる》しかった英徳学園《えいとくがくえん》の毎日《まいにち》のなかで、ほんの少《すこ》しだけ、昔《むかし》の自分《じぶん》にもどったときがあった。

『私《わたし》を追《お》いだそうとするなら、ぜんぶバラすからね！』

『あんた、バカじゃないの？』

押《お》しころしていた自分《じぶん》を、気《き》づいたら解放《かいほう》していた——あのヘンなヤツのおかげで。

（なんていう皮肉《ひにく》だろう——……）

それは、神楽木晴《かぐらぎハルト》といるときだった——……。


「英徳学園《えいとくがくえん》に庶民《しょみん》はいらない。寄付金《きふきん》を払《はら》えないものは排除《はいじょ》する——そうじゃなかったのか」

次《つぎ》の日《ひ》。いつものサロンに〈コレクト5《ファイブ》〉が集《あつ》まっていた。

「今回《こんかい》の江戸川《えどがわ》って子《こ》、もう来《き》てるんだろ。晴《ハルト》。いつ行《い》くんだよ」

成宮一茶《なるみやいっさ》があきれたように晴《ハルト》を見《み》た。でも、晴《ハルト》はソファから動《うご》けない。

頭《あたま》のなかを、音《おと》の笑顔《えがお》がぐるぐるとまわって――忘《わす》れられない。

「俺《おれ》は――〈F4《エフフォー》〉の名《な》にかけて、この英徳《えいとく》を守《まも》ろうとした。例外《れいがい》は許《ゆる》されない。庶民《しょみん》は排除《はいじょ》する。〈コレクト5《ファイブ》〉はその役割《やくわり》をになってる――わかってる」

でも！　と、晴《ハルト》は叫《さけ》んだ。

「俺《おれ》にはどうしても、江戸川《えどがわ》を排除《はいじょ》できないんだ！」

「晴《ハルト》！　いい加減《かげん》に目《め》を覚《さ》まして！　これは晴《ハルト》のためだよ！」

愛莉《あいり》がきっぱりと言《い》った。

「晴《ハルト》ができないから私《わたし》がやったのよ。私《わたし》はまちがってない。江戸川音《えどがわおと》は、私《わたし》たちがぜったいに勝《か》たなきゃいけないライバル校《こう》の人間《にんげん》とつきあってるんだよ!?」

それでも晴《ハルト》は動《うご》かなかった。杉丸《すぎまる》も海斗《かいと》もあきれている。

「わかった。女《おんな》にふぬけにされただらしないリーダーのかわりに、私《わたし》がやる！」

愛莉《あいり》が退学届《たいがくとどけ》の書類《しょるい》をつかんで飛《と》びだしていく。

「待《ま》て！　愛莉《あいり》！」

晴《ハルト》は慌《あわ》てて、彼女《かのじょ》を追《お》った。

廊下《ろうか》を走《はし》り、階段《かいだん》をかけおりる愛莉《あいり》を追《お》いかけるうちに、晴《ハルト》は気《き》がつく。

なんだか、校内《こうない》がひどくさわがしい。

廊下《ろうか》のむこうに人《ひと》だかりが見《み》えた。

数人《すうにん》の男子《だんし》が、だれかを寄《よ》ってたかって殴《なぐ》ったり蹴《け》ったりしている。

廊下《ろうか》にぐったりとたおれているのは――音《おと》じゃないか！

「なにやってんだ！」

晴《ハルト》は思《おも》わずかけ寄《よ》っていた。音《おと》を殴《なぐ》っていた男子《だんし》たちは、うれしそうにふりかえる。

「神楽木《かぐらぎ》さん！　やっときましたよボコボコに！」

「この女《おんな》は特別《とくべつ》に悪質《あくしつ》だから、徹底的《てっていてき》にやっていいんですよね！」

だれが、だれがそんなことを言《い》ったんだ。晴《ハルト》は呆然《ぼうぜん》とする。

決《き》まってる。愛莉《あいり》だ。愛莉《あいり》が勝手《かって》に、校内《こうない》にそんな話《はなし》を流《なが》したんだ。

立《た》ちすくむ晴《ハルト》の目《め》の前《まえ》で、とつぜん、だれかが、あたりの男子《だんし》たちをかきわけ、つきとばし、たおれていた音《おと》を抱《だ》きおこした。

「大丈夫《だいじょうぶ》か、音《おと》」

それは、ひとりだけちがう制服《せいふく》——真《ま》っ白《しろ》な学生服《がくせいふく》の。

「馳《はせ》……天馬《てんま》……」

どうしてここに、と言《い》う前《まえ》に、天馬《てんま》が口《くち》を開《ひら》く。

「最低《さいてい》だな、神楽木《かぐらぎ》。これが英徳《えいとく》のやり方《かた》か」

音《おと》を抱《だ》きしめながら、晴《ハルト》をにらみつけた。

いつのまにかもどってきていた愛莉《あいり》が、天馬《てんま》に言《い》う。

「ちょうどよかった。ふたりでさっさとでていってよ。その女《おんな》、寄付金《きふきん》が払《はら》えなくて、今《いま》から追《お》いだされるとこだったのよ」

だが、天馬《てんま》はきっぱりと言《い》いかえした。

「寄付金《きふきん》なら、今俺《いまおれ》が払《はら》ってきた。五千万《せんまん》。それで充分《じゅうぶん》だろう」

かこんでいた生徒《せいと》たちがどよめく。天馬《てんま》の腕《うで》のなかで、音《おと》も目《め》を見開《みひら》いた。

「ちょっと待《ま》って！　な、なんで!?」

「音《おと》は、昨日《きのう》言《い》ったね。俺《おれ》が自由《じゆう》になれるって。だったら、今日《きょう》から好《す》きなように生《い》きる」

音《おと》のために——と、天馬《てんま》は言《い》った。

そして、晴《ハルト》に拳《こぶし》をむける。

「二度《にど》とこんなことしてみろ。ひねりつぶす。お前《まえ》を。江戸川音《えどがわおと》の婚約者《こんやくしゃ》として」

晴《ハルト》は――ただ、立《た》ちつくすしかできなかった。


「天馬《てんま》くん！　どういうこと？　あんな大金《たいきん》――！」

天馬《てんま》につれてこられた病院《びょういん》のベッドで、音《おと》は叫《さけ》んだ。

「私《わたし》は英徳《えいとく》をやめようと思《おも》ってたの。それが、自分《じぶん》にとっても天馬《てんま》くんにとっても、いい機会《きかい》だと思《おも》っ――」

でも、天馬《てんま》は、それをさえぎって、じっと音《おと》を見《み》つめる。

「音《おと》――本当《ほんとう》に、俺《おれ》がなにも感《かん》じてなかったと思《おも》ってる？」

「……え？」

「俺《おれ》は、ただの親《おや》に決《き》められたいいなずけと思《おも》ったことは一度《いちど》もない」

え？　なに？　どういうこと？

音《おと》の頭《あたま》のなかは真《ま》っ白《しろ》になった。
「音《おと》は？」
（私《わたし》――私《わたし》は……）
言葉《ことば》につまっていると、天馬《てんま》ははずかしそうに顔《かお》をそらした。
「ごめん。今《いま》、音《おと》は弱《よわ》ってるのに。今度《こんど》ちゃんと聞《き》くよ」
じゃあ、と言《い》って、病室《びょうしつ》からでていく。
残《のこ》された音《おと》は、ただ呆然《ぼうぜん》とする。
（私《わたし》は――親《おや》に決《き》められたいいなずけだと思《おも》ってたよ!?）
英徳《えいとく》をやめるって決《き》めたら、自由《じゆう》になれる解放感《かいほうかん》で満《み》ちあふれていたのに。
（五千万円《せんまんえん》なんて――返済《へんさい》するのに一生《いっしょう》かかる）
また明日《あした》から英徳《えいとく》に通《かよ》って――今《いま》までと同《おな》じ生活《せいかつ》をくりかえすの？

同《おな》じころ。晴《ハルト》もまた、ひとり悩《なや》んでいた。

（俺《おれ》は――本当《ほんとう》にどうしようもない男《おとこ》だ）

もっと早《はや》く行動《こうどう》を起《お》こしていたら、音《おと》をあんな目《め》にあわせずにすんだ。

馳天馬《はせてんま》の言《い》うとおりだ。最低《さいてい》だ。

通販《つうはん》で買《か》った「心《こころ》を静《しず》めるアメジスト」のブレスレットを握《にぎ》りしめ、どこかひとりになれる場《ば》所《しょ》をさがして、学校内《がっこうない》をふらふらとさまよっているうちに、気《き》がついたら、古《ふる》い非常口《ひじょうぐち》の前《まえ》に立《た》っていた。

よろよろと、扉《とびら》を押《お》しあける。

すると、非常階段《ひじょうかいだん》の踊《おど》り場《ば》に、私服《しふく》の若《わか》い男《おとこ》がひとり、ぼんやりと座《すわ》っているのが見《み》えた。

（先客《せんきゃく》……？）

ふりかえったその男《おとこ》の顔《かお》を見《み》て、晴《ハルト》は息《いき》をのむ。

「は……花沢類《はなざわるい》、さん……？」

まちがいない。それは、伝説《でんせつ》の〈Ｆ４《エフフォー》〉のひとり。花沢類《はなざわるい》だ！

「なに？　ここ、昔《むかし》から俺《おれ》のお気《き》にいりの場所《ばしょ》なんだけど」

類《るい》にじろりとにらまれ、晴《ハルト》は慌《あわ》てる。

「す、すみ、ません！　まさか花沢《はなざわ》さんが高等部《こうとうぶ》にいらっしゃるとは！」

その瞬間《しゅんかん》、手《て》に持《も》っていたブレスレットの糸《いと》がきれ、アメジストの玉《たま》が散《ち》らばる。

「うわっ！」

あこがれの〈F4《エフフォー》〉の前《まえ》で、みっともないところを見《み》せてしまった！　晴《ハルト》は慌《あわ》てて石《いし》を拾《ひろ》いあつめる。だが、類《るい》はなんでもないという顔《かお》で、いっしょにその玉《たま》を拾《ひろ》ってくれた。

「これ、かわいいから、ひとつもらっていい？」

思《おも》ったよりずっと親《した》しみやすい雰囲気《ふんいき》に、晴《ハルト》は思《おも》わず口走《くちばし》っていた。

「あ、あのっ、俺《おれ》、いろんなことがごっちゃになってて、がんじがらめで！　そういうとき、道《どう》明寺《みょうじ》さんなら、どうしてると思《おも》いますか……」

「司《つかさ》なら？」

類《るい》は、さあ？　と首《くび》をかしげ、それから言《い》った。

「あいつは野性《やせい》だから、そのゴチャッとしたなかの、一番大事《いちばんだいじ》なものしか眼中《がんちゅう》ないよ」

そう言《い》って立《た》ちあがると、ゆらゆらと非常階段《ひじょうかいだん》をおりていく。

（一番《いちばん》――大事《だいじ》なもの）

晴《ハルト》は、ハッとなった。

「花沢《はなざわ》さん！　ありがとうございます！」

そして、きびすをかえして走《はし》りだす。

校舎《こうしゃ》を飛《と》びだし、タクシーをつかまえた。

（ああ、いつだって肝心《かんじん》なことは〈F4《エフフォー》〉が教《おし》えてくれる）

一番大事《いちばんだいじ》なもの。

頭《あたま》ンなかを占領《せんりょう》して、腹立《はらた》つくらい無視《むし》できねぇもの。

タクシーを飛《と》びおり。病院《びょういん》の階段《かいだん》をかけあがる。

「江戸川音《えどがわおと》！」

白《しろ》いベッドの上《うえ》で、音《おと》がびっくりしていた。

「だ、大丈《だいじょう》びゃか！」

台詞《せりふ》をかみながら病室《びょうしつ》につっこむと、足《あし》がもつれて、つんのめった。

（俺《おれ》は——こいつが好《す》きだ！）

第《だい》5花《はな》 きれいな花《はな》には毒《どく》がある

「……体《からだ》、大丈夫《だいじょうぶ》か」

絆創膏《ばんそうこう》と包帯《ほうたい》だらけの音《おと》を見《み》て、晴《ハルト》は心配《しんぱい》そうに聞《き》いた。

「大丈夫《だいじょうぶ》なわけないじゃん。だれかに殴《なぐ》られたのなんて初《はじ》めてだよ」

音《おと》がちょっとムッとして言《い》うと、いきなり、晴《ハルト》は頭《あたま》をさげた。

「俺《おれ》のせいだ！　ごめん！」

びっくりしていると、ぎゅっと手《て》を握《にぎ》られる。

「謝《あやま》ってすむ問題《もんだい》じゃねぇのはわかってる。俺《おれ》のこと殴《なぐ》れよ。二発《はつ》でも、三発《ぱつ》でも、気《き》がすむまでブッたたいてくれ」

「ちょっと！　手《て》、はなして！」

慌《あわ》てたように飛《と》びはなれる晴《ハルト》に、音《おと》は言《い》った。

「わかってるよ。あんたがやったんじゃないってこと。最初《さいしょ》はちょっとうたがったけど、よく考《かんが》えたら、へんな人《ひと》でいけすかないけど、あんなことする人《ひと》じゃないと思《おも》った」

そしたら、なんだか知《し》らないけど、晴《ハルト》はめちゃくちゃ動揺《どうよう》している。

「やばい……死《し》ぬほどうれしいんだけど！」

「えっ……？　ちょっと、どうしたの？　耳《みみ》まで真《ま》っ赤《か》だよ⁉」

なんなの？　なんか病室《びょうしつ》のすみにうずくまってしまったけど。

(もしかして私《わたし》の顔《かお》も見《み》たくないってこと⁇)

「ごめんね！　そんなに傷《きず》つけてた？」

「謝《あやま》るな！　みんな俺《おれ》が悪《わる》いんだ！」

びっくりした。まさか、晴《ハルト》からそんな言葉《ことば》がでるなんて。

「……あんたって、男《おとこ》らしかったんだね……」

「男《おとこ》らしい⁉」

なんだなんだ！　いきなり反《そ》っくりかえった！　いまさらイナバウアー？　古《ふる》くない？

マジで、なんなの？　さっぱりわからない！

「大丈夫《だいじょうぶ》、音《おと》っち。なんかボーッとしてるけど」
コンビニのレジにならんで立《た》っていると、紺野《こんの》が心配《しんぱい》そうに話《はな》しかけてきた。
「ううん、大丈夫《だいじょうぶ》」
にっこり笑《わら》う。
今日《きょう》も学校《がっこう》は、やっぱり針《はり》のむしろだった。
遠巻《とおま》きにされて、冷《ひ》やかされて。
だけど、もう逃《に》げない。なにを言《い》われてもかまわない。
ずっと愛想笑《あいそわら》いしていた自分《じぶん》に、決別《けつべつ》すると決《き》めた。
寄付金《きふきん》は返還《へんかん》できないシステムらしい。だからもうしかたない。
(あと一年《ねん》と少《すこ》し、英徳《えいとく》にいなければならないのなら、やめずに自分《じぶん》を取《と》りもどす)
『ただの親《おや》に決《き》められたいいなずけと思《おも》ったことは一度《いちど》もない。音《おと》は？』
天馬《てんま》のその言葉《ことば》が、時々《ときどき》よみがえって胸《むね》を刺《さ》すけれど。

(それは──自分《じぶん》を取《と》りもどしてから考《かんが》えよう)

「いらっしゃいませ」

入《い》り口《ぐち》の自動《じどう》ドアがあいた。にっこり笑《わら》って顔《かお》をあげる。

「！」

「よ、よう」

入《はい》ってきたのは、晴《ハルト》だった。

「な、なにしに来《き》たの!?」

「バカねー、音《おと》っちに会《あ》いにきたに決《き》まってるじゃん！　ねーえ。今《いま》ヒマだから、その辺《へん》で話《はな》してもいいよっ」

紺野《こんの》がニヤニヤしながら、音《おと》をレジの外《そと》へと押《お》しだした。

音《おと》はしかたなく、晴《ハルト》を店《みせ》のすみの、目立《めだ》たないところまでひっぱっていく。

「ねえ、どうしたのホントに」

晴《ハルト》はしばらくモゴモゴしていたが、やがて、咳払《せきばら》いをして言《い》った。

「──あの、ビラまいたのは愛莉《あいり》だ。もうやんねぇようにきつく言《い》っといたから」

まあ、それはわかってたけど。

「あと、お前《まえ》に暴力《ぼうりょく》ふるったヤツら、停学《ていがく》にしといたから」

「え!?　なんでそんなことまで!?　あんた、自分《じぶん》の立場《たちば》悪《わる》くなるでしょ！　私《わたし》だけ特別扱《とくべつあつか》いとかしてくれなくても、通販《つうはん》のことはだれにも言《い》わないから！」

「はあ!?　お前《まえ》はホントアホだな！」

なぜか晴《ハルト》は真《ま》っ赤《か》になっている。

「な、なにがアホよ！」

音《おと》が言《い》いかえそうとしたとき、また自動《じどう》ドアがあく音《おと》がした。

「あっ、お客《きゃく》さん！　いらっしゃいま……」

「やっと見《み》つけた。晴《ハルト》と音《おと》さん」

飛《と》びこんできたのは——真矢愛莉《まやあいり》だ！

「な、なんだよ！　なにしに来《き》たんだよ！」

晴《ハルト》がうろたえる。愛莉《あいり》は、たたたっ、とふたりにかけ寄《よ》ってきた。

「謝《あやま》りたくて来《き》たの——音《おと》さんに」

呆然《ぼうぜん》としている音《おと》に、愛莉《あいり》は涙《なみだ》ぐみながら言《い》った。

「愛莉《あいり》がしたこと、許《ゆる》してくれる……？」

音《おと》は、ただびっくりして愛莉《あいり》を見《み》つめた。

この間《あいだ》とちがいすぎる。いったいなにがあったの。

「晴《ハルト》に言《い》われて目《め》が覚《さ》めた……ホントにひどいことしました。ごめんなさい」

ポロポロと泣《な》く愛莉《あいり》に、つめたく言《い》ったのは晴《ハルト》のほうだ。

「こいつはいつもこうなんだよ。最後《さいご》は泣《な》きゃいいと思《おも》って。本当《ほんとう》に悪《わる》いと思《おも》ってんのかよ」

「うん。思《おも》ってるよ」

「江戸川《えどがわ》どうする。お前《まえ》が決《き》めろ。許《ゆる》すのか許《ゆる》さねぇのか」

「えっ……あの……」

晴《ハルト》に言《い》われて、音《おと》はうろたえる。そんなこと言《い》われても……。

愛莉《あいり》の目《め》も、顔《かお》も真《ま》っ赤《か》だ。とてもウソ泣《な》きには見《み》えない。

「許《ゆる》すも許《ゆる》さないも……あれは、かくしていた私《わたし》も悪《わる》いので、も、もういいです」

「ありがとう！」

いきなり愛莉《あいり》は抱《だ》きついてきた。

（わあ……すごいいい香《かお》り……バニラのにおい？）

こうして見《み》ると、愛莉《あいり》はとんでもない美少女《びしょうじょ》だった。

愛莉《あいり》がしたこと
許してくれる…？

ツヤツヤのロングヘアをツインテールにまとめ、長《なが》いまつげ。お肌《はだ》つるつる。

「愛莉《あいり》と友《とも》だちになってくれる？」

「えっ」

「なに言《い》ってんだ。お前《まえ》、友《とも》だちとかできたことないだろ？」

「そうなの？　こんな美少女《びしょうじょ》なのに……」

音《おと》がびっくりして聞《き》きかえすと、愛莉《あいり》はしゅんとなった。

「愛莉《あいり》なんかぜんぜんだよ？　私《わたし》ね、子《こ》どものころ、すごく太《ふと》ってたの。まともに歩《ある》けないぐらいで。みんなにバカにされてた」

「えええーっ」

意外《いがい》すぎる。

でも、おどろいているのは音《おと》だけではなかった。晴《ハルト》も目《め》が点《てん》になっている。

「こいつがこの話《はなし》を他人《たにん》にするのを初《はじ》めて聞《き》いた……」

「だってさ、私《わたし》がちゃんとむきあわないと、音《おと》は信用《しんよう》してくれないよね？」

そんな……内緒《ないしょ》にしていることを話《はな》してまで、音《おと》と友《とも》だちになりたいのだろうか。

「……神楽木《かぐらぎ》は、知《し》ってたの？」

「まーな。こいつは幼稚舎《ようちしゃ》からのつきあいで、妹《いもうと》みたいなもんだし」

「なに言《い》ってんの。愛莉《あいり》、こんなお兄《にい》ちゃんやだよ」

べー、と舌《した》をだす顔《かお》までかわいい。

「ねっ、音《おと》。バイトいつまで？　終《お》わったら三人《にん》で遊《あそ》びに行《い》かない？」

「なんでだよ、やなこった」

晴《ハルト》が心底嫌《しんそこいや》そうに言《い》った。音《おと》はちょっと、愛莉《あいり》がかわいそうになる。

「ちょっと、言《い》い方《かた》ひどすぎじゃない？」

「ひどいでしょ。晴《ハルト》はいっつも私《わたし》にこういう態度《たいど》なの！」

愛莉《あいり》は、今度《こんど》はぎゅっと手《て》を握《にぎ》ってきた。

「ねっ、いっしょに行《い》こう。私《わたし》、音《おと》に見《み》せたいものがあるの」

そう言《い》って、愛莉《あいり》はにっこりと笑《わら》った。


「かわいいっ！　愛莉《あいり》やっぱりまちがってなかった！」

更衣室《こういしつ》からでてきた音《おと》を見《み》て、愛莉《あいり》は大《おお》はしゃぎだった。

「ぜったい似合《にあ》うと思《おも》ってたのっ！　プレゼントだよ！」

「愛莉《あいり》さん！　こんな高価《こうか》なものもらえないです！」

音《おと》は困《こま》ってしまって叫《さけ》ぶ。でも、愛莉《あいり》はゆずらない。

ここは、愛莉《あいり》の父親《ちちおや》の持《も》ち物《もの》だというオシャレなファッションビル。

そこに入《はい》っている高級《こうきゅう》ブランドの店《みせ》で、音《おと》は、愛莉《あいり》が選《えら》んだ服《ふく》に、無理《むり》やり着《き》がえさせられてしまった。

「晴《ハルト》、見《み》とれてかたまってんの？　なんか言《い》ってあげなよ！」

愛莉《あいり》に言《い》われて、晴《ハルト》は真《ま》っ赤《か》になっている。なんでだろう。

「この近《ちか》くに、ステキなカフェがあるから行《い》こう！　その前《まえ》に、音《おと》、ちょっとついてきてっ」

愛莉《あいり》は、音《おと》の手《て》をひっぱって、ぐいぐいと歩《ある》きはじめた。

「晴《ハルト》、先行《さきい》ってて！　知《し》ってるでしょ、いつもの店《みせ》！」

晴《ハルト》を残《のこ》して、愛莉《あいり》は音《おと》をエレベーターに押《お》しこむ。そして、地下《ちか》三階《かい》のボタンを押《お》した。

（えっ……地下《ちか》三階《かい》なんて……このビルにあったの？）

どうやら、このエレベーターは業務用《ぎょうむよう》らしい。ついたところは、しーんと静《しず》まりかえった薄暗《うすぐら》い廊下《ろうか》だった。そっけない鉄《てつ》のドアがいくつもならんでいる。倉庫《そうこ》だろうか。

「ここに、私《わたし》の専用《せんよう》のクローゼットルームがあるの。そこにメインのプレゼントがあるから」

「えっ、そんなのホント、だめです！」

あせる音《おと》を、愛莉《あいり》は強引《ごういん》にひっぱっていく。そして、ひとつのドアを押《お》しあけた。

（真《ま》っ暗《くら》……）

やっぱりそこは倉庫《そうこ》のようで、広《ひろ》くてつめたい部屋《へや》に、積《つ》みあげられた段《だん》ボールや、ハンガーラックにかかった洋服《ようふく》がうっすらと見《み》える。

「はい、これライト。この奥《おく》に、プレゼントあるから。さがしてみて」

愛莉《あいり》が、どこから取《と》りだしたのか、懐中電灯《かいちゅうでんとう》を手《て》わたしてきた。音《おと》はとまどいながら、部屋《へや》のなかに歩《ある》きだす。

「ねえ、音《おと》――」

部屋《へや》の中程《なかほど》まで進《すす》んだとき、まだ入《い》り口《ぐち》に立《た》っていた愛莉《あいり》が、急《きゅう》に言《い》った。

「男《おとこ》に貢《みつ》いでもらうって、どんな気持《きも》ち？」

びっくりしてふりかえると、愛莉《あいり》は、ニヤリと笑《わら》った。

「あんたと私《わたし》が、友《とも》だちになれるわけないでしょ」

ドアが閉《し》められた。音《おと》は慌《あわ》ててドアノブに取《と》りつく。

あかない！　外《そと》から鍵《かぎ》をかけられてしまった！

「や、やだっ！　だして！」

ドアをガンガンたたく。むこう側《がわ》で愛莉《あいり》が笑《わら》っている。

「どんなにさわいでもだれも来《こ》ないよ！」

「あけて!!」

愛莉《あいり》の声《こえ》と足音《あしおと》が遠《とお》ざかっていく。

「やられた……」

音《おと》は、懐中電灯《かいちゅうでんとう》を握《にぎ》りしめて、呆然《ぼうぜん》とたちすくんだ。

第《だい》6花《はな》 雨《あめ》のあとには

それから――どのぐらいたっただろうか。

寒《さむ》さと空腹《くうふく》で、音《おと》は部屋《へや》のすみに座《すわ》りこんでいた。

(つくづく……私《わたし》って、バカだなぁ……)

でも――どうして愛莉《あいり》はここまでするんだろう。

ただの庶民狩《しょみんが》りにしては手《て》がこんでいるというか――よっぽど恨《うら》みがあるみたいな。

(恨《うら》みって――それって、たぶん……もしかしたら)


そのとき。

「ここか！」

いきなり扉《とびら》があいた。灯《あか》りがさしこむ。

「神楽木《かぐらぎ》！」

晴《ハルト》と、警備員《けいびいん》らしい制服《せいふく》を着《き》た男性《だんせい》が立《た》っていた。

「愛莉《あいり》を問《と》いつめてはかせたんだが、どこかをどうしても言《い》わなくて、片《かた》っ端《ぱし》から鍵《かぎ》あけても
らってたからおそくなっちまった」

よっぽどあせっていたのだろう。晴《ハルト》は肩《かた》で息《いき》をしていた。

「大丈夫《だいじょうぶ》か、江戸川《えどがわ》」

この様子《ようす》では、晴《ハルト》はなにも知《し》らなかったのだろう。

「ねえ、愛莉《あいり》さんは？」

「知《し》らねえ。もうどうでもいい。あんなヤツ、幼《おさな》なじみでも友《とも》だちでもねえ」

晴《ハルト》は心底《しんそこ》おこっているようだった。

「それ本人《ほんにん》に言《い》ったの!?　なんでそういうこと言《い》うの！」

「は？　お前《まえ》、だれに毎度《まいど》やられてると思《おも》ってるんだよ！」

「それはそうだけど！」

愛莉《あいり》は――晴《ハルト》のことを、きっと本当《ほんとう》に好《す》きなんだろう。

その人《ひと》から、友《とも》だちですらない、とはっきり言《い》われるなんて。なんだかいたたまれない。

それは、音《おと》が心配《しんぱい》するようなことじゃないんだろうけど。

だけど――……。

それから二日後《ふつかご》の朝《あさ》。

音《おと》が登校《とうこう》する準備《じゅんび》をしていると、とつぜん、家《いえ》に平海斗《たいらかいと》がやってきた。

「いきなり来《き》てすまない。愛莉《あいり》を知《し》らないか」

「な、なんでここに……愛莉《あいり》さん？　知《し》らないです」

おびえる音《おと》に、海斗《かいと》はため息《いき》をつく。

「そうか――二日前《ふつかまえ》に家《いえ》をでたきり帰《かえ》ってないらしい。あいつ、あんたに執着《しゅうちゃく》してたから、もしかしてなにか知《し》ってるかと思《おも》ったんだが」

びっくりした。二日前《ふつかまえ》ということは、あのとき以来《いらい》？

海斗《かいと》は、音《おと》を車《くるま》にのせ、学校《がっこう》へむかった。

〈コレクト5《ファイブ》〉のサロンでは、晴《ハルト》がひとりで、ソファにふんぞりかえっている。

「最後《さいご》に会《あ》ったのがお前《まえ》らふたりなんだろ。そのときなにか気《き》になることを言《い》ってなかったか」

「知《し》らね。あんなヤツ、どうなろうとどうでもいい」

晴《ハルト》は完全《かんぜん》にむくれている。

「おい！　二日《ふつか》も行方不明《ゆくえふめい》ってのは深刻《しんこく》だぞ!?　お前《まえ》らちゃんと思《おも》いだせ！」

海斗《かいと》は、そう言《い》って、またバタバタとサロンをでていった。

「誘拐《ゆうかい》とかなら身代金要求《みのしろきんようきゅう》とかあんだろ。あいつはかまってもらうためならなんでもするんだ。〈コレクト5《ファイブ》〉の一員《いちいん》として英徳《えいとく》をどうこうとか言《い》ってたけど、やりすぎなんだよ」

晴《ハルト》の言葉《ことば》に、音《おと》はめまいがした。

愛莉《あいり》の性格《せいかく》からして、学校《がっこう》のことなんかどうでもいいのは音《おと》にだってわかる。

もし愛莉《あいり》がそんなことを言《い》っていたとしたら、それは晴《ハルト》の役《やく》に立《た》ちたいからで。

「だいたいあいつ、こないだもとつぜんガキのころの話《はなし》しだして、情緒不安定《じょうちょふあんてい》なんじゃねーの」

晴《ハルト》の言葉《ことば》に、音《おと》は、はっとなった。

「子《こ》どものころの話《はなし》ってなに？」

「八歳《はっさい》ぐらいのころ、ふたりで家出《いえで》したことあってよ。知《し》らないとこフラフラ歩《ある》いて、廃工場《はいこうじょう》にたどりついたんだよ。結局《けっきょく》ハラへって帰《かえ》ったんだけどよ。誘拐《ゆうかい》されたとか大《おお》さわぎになって」

「ねぇ、そこじゃないの!?　それどこなの!?　どの辺《へん》なの!?」

音《おと》は思《おも》わず叫《さけ》んでいた。それは――晴《ハルト》と愛莉《あいり》の、とても特別《とくべつ》な思《おも》い出《で》なのでは。

「は？　俺《おれ》んちのとなりの駅《えき》らへんだったと思《おも》うけど――っていうかお前《まえ》に関係《かんけい》ねぇだろ？」

「もういい！　愛莉《あいり》さんのことは好《す》きじゃないけど、かわいそう！　こんなバカに！」

そう言《い》い捨《す》てて、音《おと》はサロンを飛《と》びだした。


「愛莉《あいり》さん！　愛莉《あいり》さーん！」

雨《あめ》が降《ふ》りはじめていた。音《おと》は、びしょ濡《ぬ》れになりながら、だれもいない廃工場《はいこうじょう》を歩《ある》きまわる。

駅前《えきまえ》の交番《こうばん》のおまわりさんは、十五年前《ねんまえ》からずっとある廃工場《はいこうじょう》はここだけだと言《い》ってた。

あんな、なにするかわからない人《ひと》に関《かか》わりたくない、とは音《おと》だって思《おも》うけど。

（だけど、あのとき――）

『愛莉《あいり》と友《とも》だちになってくれる？』

そう言《い》って抱《だ》きついてきた愛莉《あいり》の手《て》は、少《すこ》しふるえていた。

（今思《いまおも》うとお芝居《しばい》なのに――ちょっとうれしかったんだ）

工場《こうじょう》の敷地《しきち》は荒《あ》れ果《は》てていた。ガレキや廃材《はいざい》が積《つ》みあげられて崩《くず》れ、足《あし》の踏《ふ》み場《ば》もない。

やっぱりいないか、とあきらめかけたとき。

トタンでかこわれた建物《たてもの》のなか、ガレキの隙間《すきま》に、あの日《ひ》と同《おな》じ紫《むらさき》のワンピースが見《み》えた。

「愛莉《あいり》さん！　しっかりして！　大丈夫《だいじょうぶ》!?」

かけ寄《よ》って抱《だ》きおこす。体《からだ》がものすごくつめたい。

「救急車呼《きゅうきゅうしゃよ》ぶから！」

スマホを取《と》りだして操作《そうさ》しようとして、音《おと》は呆然《ぼうぜん》とした。雨《あめ》に濡《ぬ》れたせいか、動《うご》かない！

「なにしに……来《き》たのよ……帰《かえ》れ、バカ」

愛莉《あいり》がうめいた。うつろな目《め》。ふるえるくちびる。

音《おと》は、思《おも》わず彼女《かのじょ》を抱《だ》きおこし、自分《じぶん》の制服《せいふく》のジャケットを脱《ぬ》いで、着《き》せかけた。

「元気《げんき》になったらいくらでもののしりなよ！　相手《あいて》になってあげる！」

「さ、さわるな……お前《まえ》となんか、同《おな》じ空気《くうき》すうのもいや……貧乏人《びんぼうにん》っ」

嫌《きら》い、嫌《きら》い、と愛莉《あいり》は言《い》いながらもがいた。力《ちから》のない手《て》で音《おと》の背中《せなか》をたたきつづける。

でも、音《おと》は彼女《かのじょ》をはなさなかった。愛莉《あいり》の声《こえ》は、だんだん泣《な》き声《ごえ》になった。

「晴《ハルト》を……傷《きず》つけないで……」

そう言《い》うと、またぐったりとしてしまう。

そのとき、遠《とお》くからだれかが走《はし》る足音《あしおと》が近《ちか》づいてきた。

「愛莉《あいり》！」

飛《と》びこんできたのは晴《ハルト》だった。

「愛莉《あいり》！　大丈夫《だいじょうぶ》か！　救急車《きゅうきゅうしゃ》呼《よ》んである、入《い》り口《ぐち》まで運《はこ》ぶぞ！」

「晴《ハルト》……覚《おぼ》えてたの……？」

愛莉《あいり》は、うれしそうにつぶやいた。

「ああ――俺《おれ》たちの秘密基地《ひみつきち》だろ？」

ごめん、愛莉《あいり》、ごめん、と、何度《なんど》も言《い》いながら、晴《ハルト》は愛莉《あいり》を抱《だ》きかかえ歩《ある》きさっていく。

その後《うし》ろ姿《すがた》を、音《おと》は黙《だま》って見送《みおく》った。

なぜだろう。ひどく胸《むね》が痛《いた》かった。


「37度《ど》5分《ぶ》……か……」

布団《ふとん》のなかで体温計《たいおんけい》を見《み》つめ、音《おと》はため息《いき》をついた。

あの日《ひ》、つめたい雨《あめ》に打《う》たれたせいか、すっかり風邪《かぜ》をひいてしまい、あれからずっと学校《がっこう》を休《やす》んでいる。

今日《きょう》は、母《はは》もパートの面接《めんせつ》に行《い》ってしまった。まあ微熱《びねつ》だしもう大丈夫《だいじょうぶ》だと思《おも》うけど。

と、そのとき、ピンポーン、とチャイムがなった。

しかたなくパジャマのままで玄関《げんかん》にでると——そこに立《た》っていたのは。

「愛莉《あいり》さん!?」

〈コレクト5《ファイブ》〉のブラックジャケットを着《き》た愛莉《あいり》が、ずかずかと部屋《へや》にあがりこんでくる。

「なんで学校《がっこう》に来《こ》ないのよ！　なにこれ、この狭《せま》い空間《くうかん》が家《いえ》!?」

「あ、愛莉《あいり》さん、なにしに来《き》たの……？」

とまどう音《おと》を無視《むし》して、愛莉《あいり》は部屋《へや》の奥《おく》の押《お》し入《い》れをいきなりあけた。

「着《き》がえどこ!?　でかけるから支度《したく》して！　なにこれ、ろくな服《ふく》がない！」

衣装《いしょう》ケースをひっぱりだして、なかからあれこれと外《そと》へ放《ほう》りだす。

「やめてやめて！　わかったから！」

しかたなく、音《おと》は着《き》がえはじめた。愛莉《あいり》はそれをながめながら、ぽつりと言《い》う。

「あの工場《こうじょう》ね。子《こ》どものころ、パパに頼《たの》んで買《か》い取《と》ってもらったの。晴《ハルト》がいつでも行《い》けるようにね。まあ、結局一度《けっきょくいちど》も行《い》かなかったんだけど」

「そうだったんだ……」

おかしいと思《おも》っていた。あんな場所《ばしょ》に廃工場《はいこうじょう》がいつまでも残《のこ》っているなんて。

「昔《むかし》、デブだったって話《はな》したでしょ。愛莉《あいり》、学校《がっこう》でもずっと嫌《きら》われてて。晴《ハルト》だけだったんだ。まともにしゃべってくれたの」

そう言《い》うと、やっと着《き》がえおわった音《おと》をひきずるように玄関《げんかん》をでて、外《そと》に停《と》めてあった車《くるま》に押《お》しこむ。

「ちょ、ちょっと、どこ行《い》くの!?」

車《くるま》はあっという間《ま》に街中《まちなか》をぬけ、高速《こうそく》にのってしまった。

「新《あたら》しく開発《かいはつ》されたホテル&《アンド》リゾートのオープニングセレモニー。一茶《いっさ》が華道《かどう》のショーやるの」

「なんで私《わたし》なんかを!?」

「それは、愛莉《あいり》が退屈《たいくつ》だからじゃん」

「えっ？」

「言《い》ったでしょ。友《とも》だちになってくれるって」

愛莉《あいり》はなぜか真《ま》っ赤《か》になりながら窓《まど》の外《そと》を見《み》ている。

それを見《み》ていると、音《おと》は、なんだか笑《わら》ってしまった。


晴《ハルト》は、砂浜《すなはま》をふらふらと歩《ある》いていた。

成宮一茶《なるみやいっさ》の華道《かどう》パフォーマンスを見《み》にきたが、待《ま》ち時間《じかん》に仲間《なかま》たちに責《せ》めたてられて頭《あたま》がぐるぐるする。

『お前《まえ》、愛莉《あいり》の気持《きも》ち知《し》らなかったのか？　マジか!?』

海斗《かいと》にも杉丸《すぎまる》にも、ニブいバカだと言《い》われまくり。ただ、一茶《いっさ》だけがなぐさめてくれた。

『まあ、ガキのころから長《なが》い間恋愛対象《あいだれんあいたいしょう》に見《み》えないなら、ずっと変《か》わらないもんじゃねーの』

そういうものなんだろうか。

（でも――じゃあ、江戸川《えどがわ》はどうなんだ）

馳天馬《はせてんま》とは幼《おさな》なじみだと言《い》っていた。

（っていうか、そもそもあのふたりは、もう――そういう仲《なか》なのか!?）

などと、モヤモヤと考《かんが》えながら、ふっと顔《かお》をあげると。

目《め》の前《まえ》に、音《おと》が立《た》っていた。

「うわっ！　び、びびった……今《いま》ちょうどお前《まえ》のこと考《かんが》えてて……なんでここに！」

音《おと》のほうもびっくりしている。心《こころ》なしか、顔《かお》が赤《あか》い。

「あ、愛莉《あいり》さんにつれてこられたんだけど、ホテルがあまりに豪華《ごうか》すぎていたたまれず……」

「マジか……あいつまたなんかたくらんでんじゃねーのか！」

「あ、それはたぶん大丈夫《だいじょうぶ》」

音《おと》は笑《わら》っている。晴《ハルト》はちょっと安心《あんしん》した。

「あいつ、ガキのころから複雑《ふくざつ》でこんがらがってんだよ……あの性格《せいかく》だから、友《とも》だちとかいねぇし。めんどくせぇんだけどよ。でも、お前《まえ》にあのとき言《い》われなきゃ、あいつを本気《ほんき》で見捨《みす》てるとこだった。それはマジ感謝《かんしゃ》してるぜ」

「うん。わかるよ。ヘンだし迷惑《めいわく》だけど、なんかかわいいもんね」

「で、でも、俺《おれ》は、あいつのこと、そういう風《ふう》には見《み》れないし見《み》たことねぇから！」

思《おも》わず叫《さけ》んでしまった。音《おと》は、ちょっとひいている。

（やべえ、先走《さきばし》った――）

「……い、いちおう……巻《ま》きこんだから……話《はな》しておこうと思《おも》って……」

ぼそぼそ、と言《い》い訳《わけ》をする。音《おと》は真顔《まがお》になった。

「……さっき、私《わたし》のこと考《かんが》えてたって言《い》ったよね？　どんなこと？」

「えっ、そ、それは……」

言《い》えるかバカー！

「リップサービスだぜ。女《おんな》ってのはそう言《い》うとよろこぶからな」

カッコつけて言《い》ってしまった。音《おと》の顔《かお》がひきつる。

と、遠《とお》くから、愛莉《あいり》の声《こえ》が聞《き》こえてきた。

「あっ、音《おと》！　晴《ハルト》もいた！　一茶《いっさ》のショー始《はじ》まるよ！」

黒《くろ》のパーティドレスの愛莉《あいり》が走《はし》ってくる。

「もうそんな時間《じかん》か」

「一茶《いっさ》、超《ちょう》はりきってるよ。今日《きょう》、このホテルチェーンの社長《しゃちょう》の娘《むすめ》が来《く》るんだって」

「社長《しゃちょう》の娘《むすめ》？」

音《おと》が聞《き》きかえすと、愛莉《あいり》は超《ちょう》イヤそうな顔《かお》をした。

「そう。雑誌《ざっし》の読者《どくしゃ》モデルとかやってて有名《ゆうめい》なんだってさ。そんなの性格悪《せいかくわる》いに決《き》まってんのに」

「お前《まえ》が言《い》うか」「あなたが言《い》うか」

晴《ハルト》と音《おと》は同時《どうじ》につぶやいた。愛莉《あいり》がふりかえる。

「なによ。ハモっちゃって。いい感《かん》じじゃない」

ふたりはまた、同時《どうじ》に叫《さけ》んだ。

「べつに!!」

マジか
今ちょうど
おまえのこと
考えてて
え？
これは
熱のせいだ
ハルトにも
希望は
あるね

第《だい》7花《はな》 ふさわしいのはだれ？

「音《おと》。天馬《てんま》くんのお宅《たく》から今月《こんげつ》も送《おく》られてきたわよ」

音《おと》が学校《がっこう》に行《い》こうとすると、母《はは》がそう言《い》いながら玄関先《げんかんさき》の大《おお》きな荷物《にもつ》を指《ゆび》さした。

そうだった。もうすぐ二十日《はつか》だ。

音《おと》と天馬《てんま》は、母親同士《ははおやどうし》の約束《やくそく》で、毎月《まいつき》、二十日《はつか》に会《あ》うことになっている。その荷物《にもつ》は、そのときに着《き》るための高価《こうか》な洋服《ようふく》だった。

天馬《てんま》の義母《ぎぼ》が決《き》めるデートコースは、普段着《ふだんぎ》では入《はい》れない高級店《こうきゅうてん》がほとんどで、今《いま》の音《おと》の家《いえ》ではふさわしい洋服《ようふく》さえ買《か》えない。だからいつも、義母《ぎぼ》が選《えら》んだ服《ふく》がこうして送《おく》られてくる。

（天馬《てんま》くんのお義母《かあ》さまは、本当《ほんとう》はよく思《おも》ってないんだよね……私《わたし》のこと）

昨日《きのう》、あんな高級《こうきゅう》ホテルで、世界《せかい》のちがう人《ひと》たちと会《あ》ったせいで、よけいに考《かんが》えこんでしまう。

（私《わたし》は――天馬《てんま》くんにふさわしい人間《にんげん》なのかな……）

学校《がっこう》に行《い》っても、その気持《きも》ちは強《つよ》くなるばかり。

クラスメートたちはみんな、メイクをしているけど、音《おと》は口紅《くちべに》すら持《も》っていない。

恋《こい》なんか――している余裕《よゆう》ない。

庶民《しょみん》がバレて以来《いらい》、だれも話《はな》しかけてこなくなった教室《きょうしつ》で、ひっそりと自分《じぶん》の席《せき》に座《すわ》っていると、急《きゅう》に、神楽木《かぐらぎ》の名前《なまえ》が聞《き》こえてきた。

「ホントすごいよね、神楽木《かぐらぎ》さんって。あの西留《にしどめ》めぐみが会《あ》いにくるなんて！」

「本物《ほんもの》のメグリン、すっごいかわいかった！」

女子《じょし》たちがなんだか盛《も》りあがっている。

（メグリン……？　なんだろ？）

「私《わたし》、今月《こんげつ》の『ブルーティーン』持《も》ってるよ！」

女子《じょし》のひとりが、ファッション雑誌《ざっし》を持《も》ちだしてきた。みんな、そのグラビアページを開《ひら》いてきゃあきゃあとはしゃいでいる。

「すごいよね！　ホテルチェーンの令嬢《れいじょう》で、モデルもやってて。天《てん》が二物《ぶつ》も三物《ぶつ》も与《あた》えてるよね、ホントうらやましい！」

そういえば、昨日《きのう》愛莉《あいり》がなにか言《い》っていた気《き》がする。あのホテルの令嬢《れいじょう》が読者《どくしゃ》モデルで有名人《ゆうめいじん》だとか……。

（それが西留《にしどめ》めぐみ？　神楽木《かぐらぎ》に会《あ》いにきた、って、どういうことなんだろう）

よくわからない。

なんだか居心地《いごこち》が悪《わる》くて、音《おと》は廊下《ろうか》にでた。

吹《ふ》きぬけのホールで、二階《かい》の手《て》すりに寄《よ》りかかっていると、とつぜん、晴《ハルト》の声《こえ》が聞《き》こえる。

「帰《かえ》れっ！　今《いま》すぐ帰《かえ》れ！」

「待《ま》ってよ、晴《ハルト》くん！」

ホールに走《はし》りでてきた晴《ハルト》を、他校《たこう》の制服《せいふく》を着《き》た女《おんな》の子《こ》が追《お》いかけてきた。

「わざわざ財布届《さいふとど》けにきたのに！　その態度《たいど》ひどくない？　裸見《はだかみ》といて」

（……裸《はだか》!?）

音《おと》は思《おも》わず身《み》をのりだしてしまう。

「見《み》てねぇ！」

晴《ハルト》は真《ま》っ赤《か》になっている。あれは見《み》た顔《かお》だ。まちがいない。

女《おんな》の子《こ》は笑《わら》っている。

「なーんて、ウソウソ。あれは事故《じこ》だからしょうがないよ。それに私《わたし》、モデルやってるから裸見《はだかみ》られるのは慣《な》れてるの。それとも、晴《ハルト》くんならいいよ、とか言《い》ってほしかった？」

ばったり会ったお風呂での
おとしものですっ

「バ、バカ言《い》ってんじゃねえよ！」

うろたえる晴《ハルト》。笑《わら》う女《おんな》の子《こ》。

（あれが――西留《にしどめ》……めぐみ……）

まちがいない。長《なが》い黒髪《くろかみ》。真《ま》っ白《しろ》な肌《はだ》。黒目《くろめ》がちの目《め》。かわいすぎる。

愛莉《あいり》が西洋人形《せいようにんぎょう》だとしたら、めぐみは日本人形《にほんにんぎょう》。

なんだろう――モヤモヤする。晴《ハルト》が、へんに楽《たの》しそうに見《み》えて。

「え、江戸川《えどがわ》？」

晴《ハルト》が気《き》づいた。音《おと》は黙《だま》ってそこからはなれようとする。

でも、晴《ハルト》が階段《かいだん》をかけあがってきた。

「おい、ちょっと待《ま》て！　聞《き》いてたのか、今《いま》の話《はなし》！」

音《おと》が足《あし》を止《と》めると、晴《ハルト》は真《ま》っ赤《か》な顔《かお》で言《い》い訳《わけ》を始《はじ》めた。

「ちがうんだ、昨日《きのう》、あのホテルの露天風呂《ろてんぶろ》入《はい》ったら、ちょうど男女入《だんじょい》れ替《か》えのタイミングで、あいつが先客《せんきゃく》で、俺《おれ》気《き》づかず入《はい》っちまって、慌《あわ》てて飛《と》びだして……そんとき財布《さいふ》落《お》としたみたいで、あいつはそれを届《とど》けにきただけ――」

「なんで必死《ひっし》に弁解《べんかい》してるの？　私《わたし》、関係《かんけい》ないし」

自分《じぶん》でもびっくりするほどつめたい声《こえ》がでた。

「あの人有名人《ひとゆうめいじん》なんでしょ？　〝神楽木晴《かぐらぎハルト》〟を盛《も》りあげてハクつけるのに持《も》ってこいじゃん。がんばりなよ」

「おい――なんでそうなる」

「こういうのうっとうしい。いちいち弁解《べんかい》しないでいいよ。興味《きょうみ》ないから」

晴《ハルト》は絶句《ぜっく》している。でももう止《と》まらない。彼《かれ》に背《せ》をむけて歩《ある》きだす。

（なに、この気持《きも》ち――なんで私《わたし》、こんなにムキになってるの）

うっとうしいのは自分《じぶん》じゃないの。

でも、もういい。もうどうでもいい。

（大丈夫《だいじょうぶ》。べつになんとも思《おも》ってない――だって私《わたし》は）

恋《こい》する余裕《よゆう》なんてないんだから。


「おかえりなさい。音《おと》、見《み》て、この帯《おび》」

家《いえ》に帰《かえ》ると、母《はは》が、とても高《たか》そうな着物《きもの》の帯《おび》をうれしそうに広《ひろ》げて見《み》せた。

「お母《かあ》さん――それ、どうしたの……」

「今日《きょう》、訪問販売《ほうもんはんばい》の方《かた》が見《み》えて、五割引《わりび》きっていうから買《か》ったの。お父《とう》さんの会社《かいしゃ》が倒産《とうさん》したときにぜんぶさしおさえられたけど、これからまた必要《ひつよう》になるでしょう。あなたと天馬《てんま》くんの結納《ゆいのう》とか」

うきうきと言《い》う母《はは》に、音《おと》は思《おも》わず怒鳴《どな》りつけてしまった。

「なに考《かんが》えてるのよ！　そんな余裕《よゆう》があるか、普通《ふつう》に考《かんが》えたらわかるよね!?」

言《い》いだしたら止《と》まらなかった。ずっと、我慢《がまん》していたこと。

「私《わたし》のバイト代《だい》ぜんぶ使《つか》って高《たか》いお肉買《にくか》ったりしたこともあった！　どうしてわからないの!?　もう前《まえ》とはちがうって！　ちょっとパートにでたって、ぜんぜん足《た》りてないんだよ!?」

「音《おと》……あの、ごめんね……」

今《いま》まで反抗《はんこう》したこともなかった娘《むすめ》にきつく言《い》われて、母《はは》はおろおろしている。

音《おと》は、たまらず家《いえ》を飛《と》びだした。

（言《い》った。言《い》ってやった。ずっと言《い》ってやりたいと思《おも》ってたこと）

ああ、だけど――ちっともすっきりしない。

涙《なみだ》が、あとからあとからこぼれてくる。
もう外《そと》は日《ひ》が落《お》ちて、真《ま》っ暗《くら》だった。音《おと》は、夜《よる》の街《まち》をふらふらと歩《ある》きまわる。
いろんなことがぐちゃぐちゃに頭《あたま》のなかをまわる。
今日《きょう》のメグリンの笑顔《えがお》。本当《ほんとう》にかわいかった。
ものすごいお金持《かねも》ちの令嬢《れいじょう》で、美少女《びしょうじょ》で。
(私《わたし》とは、住《す》んでる世界《せかい》がちがう)
音《おと》の家《いえ》も裕福《ゆうふく》だったころがあった。でもそんなの一瞬《いっしゅん》だった。
その幻《まぼろし》にとらわれて、まだふわふわしてる母親《ははおや》に腹《はら》が立《た》つ。
ううん、それだけじゃない。
あいつ——神楽木晴《かぐらぎハルト》。
結局《けっきょく》、あんたのまわりにいるのは、メグリンみたいな子《こ》なんじゃない——……。
(今日《きょう》の私《わたし》は死《し》にたいくらい最悪《さいあく》——人《ひと》を傷《きず》つけてまわるナイフみたい……)
なにひとつ、自分《じぶん》で選《えら》んだことないくせに。
(大嫌《だいきら》い——こんな自分《じぶん》、大嫌《だいきら》い……)
だれもいない橋《はし》の上《うえ》で立《た》ちつくす。風《かぜ》がつめたい。

と、そのとき。後《うし》ろで、すうっ、と車《くるま》が止《と》まる気配《けはい》がした。

「やっぱり、音《おと》だ」

ベンツからおりてきたのは、天馬《てんま》だった。音《おと》は慌《あわ》てて涙《なみだ》をぬぐう。

「どうした？　こんなところで」

「なんでもない。放《ほう》っておいて！」

ついきつく言《い》ってしまい、はっとなる。天馬《てんま》はおどろいた顔《かお》をしていた。

「ごめん――このまま帰《かえ》って。私《わたし》、今自己嫌悪《いまじこけんお》でぐちゃぐちゃなの。見境《みさかい》なくケンカしてあたりちらして……」

「ケンカ？　音《おと》が？　なんでそんな……」

「とにかく、今《いま》の私《わたし》は関係《かんけい》ない天馬《てんま》くんを傷《きず》つけかねないから、ほっといて」

そう言《い》って背《せ》をむけようとした音《おと》に、天馬《てんま》はやさしくほほえんだ。

「いやだよ。ほっとけるわけないだろ？　音《おと》になら、傷《きず》つけられてもいいよ」

その言葉《ことば》に――ほおが熱《あつ》くなる。また涙《なみだ》があふれてくる。

「むしろ、そんなむきだしの音《おと》を見《み》られた人《ひと》がうらやましい。いつもなにか我慢《がまん》してる音《おと》しか見《み》たことがないから」

天馬《てんま》は、そっと音《おと》の手《て》に触《ふ》れた。

「冷《ひ》えきってる」

その手《て》を、両手《りょうて》で握《にぎ》りしめ、真正面《ましょうめん》から音《おと》を見《み》つめて、やさしく言《い》った。

「大丈夫《だいじょうぶ》――俺《おれ》がいるだろ？」

その手《て》は温《あたた》かかった――まるで、この世《よ》の悲《かな》しみをとかしてしまうぐらいに。

天馬《てんま》は、車《くるま》を先《さき》に帰《かえ》らせると、音《おと》の手《て》をひいて歩《ある》きだした。

「明日《あした》は二十日《はつか》だろ。うちの執事《しつじ》が、イタリアオペラのチケットを用意《ようい》してくれたけど、音《おと》はそれでいい？」

「私《わたし》は……どこでも」

本当《ほんとう》は、オペラは苦手《にがて》だった。なんでセリフがぜんぶ歌《うた》なんだろうといつも思《おも》う。

（だけど、そんなこと――せっかく準備《じゅんび》してくれたのに、言《い》えない……）

「オペラって、なんでセリフが歌《うた》なんだろう」

そう言《い》ったのは天馬《てんま》だった。音《おと》はびっくりして顔《かお》をあげる。

「い、今《いま》、私《わたし》も同《おな》じこと考《かんが》えたよ――天馬《てんま》くんもそう思《おも》ってたの？」

「なんか、いつも笑《わら》いそうになるんだよな。たいがい太《ふと》ったおじさんが歌《うた》いはじめるだろ？　イタリア語《ご》わからないし、いつも目《め》をあけたまま寝《ね》てるんだ」

音《おと》は吹《ふ》きだしてしまった。

「ちょっと、やめて天馬《てんま》くん。キャラじゃないよ！　ぜったいそんなこと人《ひと》に言《い》っちゃだめ」

笑《わら》いながらそう言《い》うと、天馬《てんま》もほほえんだ。

「よかった。音《おと》が笑《わら》った」

「…………」

急《きゅう》にはずかしくなって、音《おと》はうつむいた。天馬《てんま》は静《しず》かに言《い》う。

「さっき、ケンカしたって言《い》ってたけど──神楽木《かぐらぎ》と？」

「えっ？」

びっくりして、目《め》をそらす。

「ぜんぜん。あんな人《ひと》、関係《かんけい》ないし──なんでそんなこと言《い》うの？」

「音《おと》のことになると急《きゅう》に自信《じしん》がなくなるんだ──みっともないな、俺《おれ》」

さびしそうにつぶやく。音《おと》はまたうつむいた。

（そうだ──私《わたし》、天馬《てんま》くんに、ちゃんと返事《へんじ》してない……）

どうしよう、でも……。

「あら、音《おと》と――天馬《てんま》くん？」

急《きゅう》に名前《なまえ》を呼《よ》ばれて顔《かお》をあげると、そこに母《はは》が立《た》っていた。飛《と》びだしてしまった音《おと》をさがしていたのだろうか。

天馬《てんま》が、おだやかに笑《わら》って頭《あたま》をさげる。

「おばさん。ごぶさたしてます」

「まあ……また背《せ》が伸《の》びたのね。ご立派《りっぱ》になられて……美代子《みよこ》さんに見《み》せてあげたかった……」

涙《なみだ》ぐみはじめた母《はは》の腕《うで》を、音《おと》は慌《あわ》ててひっぱった。

「じゃ、じゃあ天馬《てんま》くん。また明日《あした》！」

「うん。気《き》をつけて」

天馬《てんま》は静《しず》かに手《て》をふって、歩《ある》きさっていく。

(天馬《てんま》くん――ありがとう)

消《き》えてしまいたい気分《きぶん》だったのを救《すく》ってくれた。

そして、いつもやさしい気持《きも》ちにさせてくれる。

「音《おと》……お母《かあ》さん、あの帯《おび》かえすからね。クリーニングなんとかっていうのがあるから」

「それをいうならクーリングオフ。私《わたし》もごめんね。急《きゅう》に怒鳴《どな》ったりして」

しょんぼりと背《せ》をまるめる母《はは》を慰《なぐさ》めながら、音《おと》は空《そら》を見《み》る。晴《ハルト》と西留《にしどめ》めぐみの楽《たの》しそうな様子《ようす》を思《おも》いだすと、また胸《むね》がモヤモヤする。

どうでもいいのに。なんで。

（よけいなことは考《かんが》えないで、ちゃんと天馬《てんま》くんとむきあわないと——……）

明日《あした》は、ちゃんとした私《わたし》で。

ちゃんと、天馬《てんま》くんと話《はなし》をしよう。

音《おと》は、そう決《き》めた。

第《だい》8花《はな》 デート、そしてW《ダブル》デート

「天馬《てんま》くん、おはよう」

待《ま》ち合《あ》わせ場所《ばしょ》にやってきた音《おと》を見《み》て、天馬《てんま》はちょっとおどろいた顔《かお》をした。

今日《きょう》、音《おと》は、天馬《てんま》の義母《ぎぼ》から送《おく》られた服《ふく》を着《き》なかった。いつものコートにミニスカートだ。

「オペラに行《い》かないならいいかなって思《おも》って……でも」

いきなり後悔《こうかい》した。天馬《てんま》はきちんとスーツを着《き》ている。

「これじゃ天馬《てんま》くんとつりあわないね。もう少《すこ》しちゃんとした服《ふく》に着《き》がえて――」

「いいよ。俺《おれ》のほうが着《き》がえる。どこかへ買《か》いに行《い》こう。近《ちか》くで売《う》ってるところある？」

「あるよ。古着屋《ふるぎや》さんでもいい？」

「へえ、俺《おれ》、初《はじ》めてだ」

天馬《てんま》はちょっと楽《たの》しそうだった。

ふたりで古着屋《ふるぎや》に入《はい》り、あれこれと試着《しちゃく》して服《ふく》を選《えら》ぶ。

パーカに、キャップ。ボーダーシャツ。それとも迷彩柄《めいさいがら》でアーミールック。

「似合《にあ》うよ、すっごく！　普通《ふつう》の男《おとこ》の子《こ》みたい」

「いや、元々《もともと》普通《ふつう》の男《おとこ》の子《こ》だよ、俺《おれ》は」

ニット帽《ぼう》。ショートブーツ。七分丈《ぶたけ》のカジュアルパンツ。

「こんな服《ふく》、初《はじ》めて着《き》るよ」

「すごいっ、別人《べつじん》！　天馬《てんま》くんってわかんないよ！」

「よし、今日《きょう》はこれで行《い》こう」

うれしそうにお金《かね》を払《はら》い、天馬《てんま》はそのまま歩《ある》きだす。

（こんなはしゃいだ天馬《てんま》くん、初《はじ》めて見《み》る——）

なんだか新鮮《しんせん》だった。いつもふたりは、親《おや》の言《い》うとおり正装《せいそう》して、能《のう》や歌舞伎《かぶき》、オペラやピアノコンサートに行《い》っていたから。

「今日《きょう》は新《あたら》しいことをしようよ。普通《ふつう》の高校生《こうこうせい》らしいところへ行《い》こう」

「えー、それって例《たと》えば？　映画《えいが》とか……水族館《すいぞくかん》とか？」

「水族館《すいぞくかん》。それいいな」

ふたりは、顔《かお》を見《み》あわせて笑《わら》った。

「わー、きれいっ！」

平日《へいじつ》の水族館《すいぞくかん》はすいていた。暗《くら》い廊下《ろうか》に、水槽《すいそう》の青《あお》がゆらゆらと揺《ゆ》れている。

熱帯《ねったい》のカラフルな魚《さかな》や、不思議《ふしぎ》な形《かたち》のタツノオトシゴ。ふわふわと泳《およ》ぐクラゲ。

天馬《てんま》は意外《いがい》と魚《さかな》に詳《くわ》しいらしく、楽《たの》しそうにいろいろと教《おし》えてくれる。

そのきれいな横顔《よこがお》に、音《おと》は少《すこ》し見《み》とれた。

不思議《ふしぎ》でしかたない。こんな完璧《かんぺき》な人《ひと》が、自分《じぶん》のことを――……？

そのとき、カメラのシャッター音《おん》がひびき、ふと、顔《かお》をあげると、少《すこ》し先《さき》の水槽《すいそう》の前《まえ》で、なにか撮影《さつえい》をしているのが見《み》えた。若《わか》い女《おんな》の子《こ》がポーズを取《と》っている。

「音《おと》、邪魔《じゃま》になりそうだから、むこうへ行《い》こうか」

天馬《てんま》に言《い》われ、ひきかえしかけたとき。

「あーっ！　ねえっ！　あなた、英徳《えいとく》の人《ひと》だよね！」

いきなり、モデルの女《おんな》の子《こ》がかけ寄《よ》ってきた。

「昨日《きのう》、晴《ハルト》くんと私《わたし》がしゃべってたとき、上《うえ》から見《み》てた人《ひと》だよね？」

それは、メグリン――西留《にしどめ》めぐみだった。

「さ、さあ……そうでしたっけ？」

「あのあと大変《たいへん》だったんだよ、晴《ハルト》くんがさぁ……」

言《い》いかけて、めぐみは天馬《てんま》に気《き》づいたらしい。なぜかすごくおどろいている。

「もしかして……デート、ですかね」

関《かか》わりあいになりたくなくて、まわれ右《みぎ》をする音《おと》を、めぐみはまた呼《よ》びとめた。

「あの、この人《ひと》があなたの彼氏《かれし》なら、晴《ハルト》くんとはなんでもないってことでいいんですか？」

めぐみは、真《ま》っ赤《か》な顔《かお》で言《い》った。

「私《わたし》、昨日《きのう》から、晴《ハルト》くんのことが頭《あたま》からはなれなくて、どうしようって思《おも》ってたの――このまま私《わたし》、彼《かれ》のこと考《かんが》えていてもいいのかな？」

音《おと》は、一瞬《いっしゅん》だけ言葉《ことば》につまった。でも――きっぱりと言《い》う。

「どうぞご自由《じゆう》に。私《わたし》はあの人《ひと》とはまったくなんの関係《かんけい》もないですから」

そう言《い》って、もうふりかえらずに早足《はやあし》で歩《ある》きだす。

「音《おと》、いいの？　よくわからないけど、彼女《かのじょ》、なにか誤解《ごかい》してるんじゃ？」

天馬《てんま》が気《き》をつかったように言《い》う。音《おと》は足《あし》を止《と》め、彼《かれ》を見上《みあ》げた。

大《おお》きな水槽《すいそう》の前《まえ》だった。エイが、空《そら》を飛《と》ぶように泳《およ》いでいく。

そっと、天馬《てんま》の大《おお》きな手《て》を握《にぎ》った。温《あたた》かい。

「天馬《てんま》くん。この前《まえ》言《い》ってくれたこと、今《いま》でも変《か》わらない？」

「もちろん。今《いま》も昔《むかし》も、これからも。音《おと》は特別《とくべつ》だよ」

天馬《てんま》は少《すこ》し緊張《きんちょう》しているような顔《かお》で、じっと音《おと》を見《み》た。

音《おと》も、彼《かれ》を見《み》つめかえす。

もう決《き》めた――この人《ひと》と、ちゃんとむきあって生《い》きる。

「私《わたし》でよければ――つきあってください」

青《あお》い光《ひかり》に照《て》らされながら、音《おと》はそう言《い》った。

その数日後《すうじつご》――音《おと》が登校《とうこう》すると、学校中《がっこうじゅう》が大《おお》さわぎになっていた。
「すげぇ！　うちの制服似合《せいふくにあ》ってる、マジかわいい……」

「他校《たこう》の友《とも》だちに自慢《じまん》しちゃお！」

輪《わ》の中心《ちゅうしん》にいるのは——めぐみだった。

「あ！　おはようっ！　音《おと》さん、だよね」

めぐみは、音《おと》を見《み》つけると、いきなりかけ寄《よ》ってくる。

「て、転校《てんこう》してきたんですか……？」

「うん。私《わたし》、幼稚園《ようちえん》からずっと女子校《じょしこう》だったから、環境変《かんきょうか》えたくて」

すごい。すごい行動力《こうどうりょく》だ。それに——

（本気《ほんき》なんだ——神楽木《かぐらぎ》のこと）

じろじろ見《み》ている生徒《せいと》たちからはなれ、めぐみは音《おと》をひっぱっていく。

「あのね、水族館《すいぞくかん》で会《あ》った日《ひ》の夜《よる》、音《おと》さんあの男《おとこ》の人《ひと》とコンビニの前《まえ》で話《はな》してたでしょう」

「ど、どうしてそれを……」

たしかに、あのあと天馬《てんま》にバイト先《さき》まで送《おく》ってもらった。

「私《わたし》、晴《ハルト》くんとあのコンビニ行《い》こうとしてて、たまたま見《み》ちゃったの。話《はなし》も聞《き》こえて……」

音《おと》は、一瞬言葉《いっしゅんことば》を失《うしな》った。

店《みせ》の前《まえ》で、天馬《てんま》にもう一度《いちど》「本当《ほんとう》につきあってくれるのか」と聞《き》かれて——

音《おと》は「よろしくお願《ねが》いします」と答《こた》えた。

それを……晴《ハルト》も聞《き》いてしまった？

めぐみは、真剣《しんけん》な顔《かお》で聞《き》いてくる。

「……音《おと》さん。私《わたし》、晴《ハルト》くんとつきあいたい。いいよね？」

「ま……前《まえ》にも言《い》ったけど、私《わたし》は関係《かんけい》ないから」

「よかったー！」

めぐみは両手《りょうて》の拳《こぶし》を握《にぎ》りしめて、ガッツポーズをした。

「ねえ、デートとか、私《わたし》から誘《さそ》っても平気《へいき》かな？　週末《しゅうまつ》に行《い》きたいところあるんだ！」

「えっ……ぜんぜんいいと思《おも》いますけど……」

ありがとう、音《おと》ちゃん！　と叫《さけ》んで、めぐみは去《さ》っていった。

なんだかすごい。圧倒《あっとう》される。

めっちゃかわいくて、積極的《せっきょくてき》で。でもちょっと天然《てんねん》で裏表《うらおもて》もなさそう。

(きっと神楽木《かぐらぎ》も、秒殺《びょうさつ》で落《お》ちる――……)

でも、そのほうがいい。そうしたら、もうこの胸《むね》も痛《いた》まなくなる……。

ぼんやりと教室《きょうしつ》にむかって歩《ある》きだす。すると、今度《こんど》は愛莉《あいり》がものすごいいきおいでやってきた。

「音《おと》！　どうすんのよ！　西留《にしどめ》めぐみ転入《てんにゅう》してきたんだよ！」

音《おと》の胸《むね》ぐらをつかんで揺《ゆ》さぶる。

「……うん。さっき話《はな》した」

愛莉《あいり》はなぜか泣《な》いている。

「あいつこないだから晴《ハルト》につきまとってんの！　ぜったい晴《ハルト》ねらいだよ！　ねえ、音《おと》、馳《はせ》とつきあいはじめたってホントなの!?」

「え、まあ……うん」

「なんでよ！　それじゃあ愛莉《あいり》はなんのために身《み》をひいたのよ！　そりゃ、馳《はせ》は完璧《かんぺき》だよ！　百《ひゃく》人《にん》いたら百人《ひゃくにん》が馳《はせ》を選《えら》ぶと思《おも》うよ！　晴《ハルト》なんか足《あし》もとにもおよばないよ！」

そこまで言《い》うことはないいんじゃないかなー、と、うっすら思《おも》う。

「だけど！　いいやつだよ、晴《ハルト》！」

それはわかってる。だけど。

「……もう決《き》めたことだから」

音《おと》が言《い》うと、愛莉《あいり》はまた、わーん、と泣《な》きだした。

「大丈夫《だいじょうぶ》？　お水《みず》買《か》ってくる。待《ま》ってて」

西留《にしどめ》めぐみがかけだしていく。晴《ハルト》はベンチにぐったりと横《よこ》たわっていた。

ここは、新《あたら》しくできた遊園地《ゆうえんち》。今日《きょう》はまだ招待客《しょうたいきゃく》だけのプレオープンで、人《ひと》は少《すく》ない。

今朝《けさ》、とつぜん家《いえ》にめぐみが押《お》しかけてきて、無理《むり》やりつれだされ、さらに無理《むり》やりジェットコースターにのせられて、もうぐるんぐるんのゲロゲロだ。

「ちくしょー……」

思《おも》わずうめくと、むかいのベンチからも同《おな》じような声《こえ》がした。

若《わか》い女《おんな》がぐったり寝《ね》ている。あいつもジェットコースターで酔《よ》ったのか。

（……って、待《ま》てよ……？）

「あっ！　江戸川《えどがわ》！」

あれは——音《おと》だ！

「えっ！　神楽木《かぐらぎ》!?　なんでここに!?」

音《おと》もびっくりした顔《かお》で飛《と》びおきた。そこへちょうど、水《みず》を買《か》いに行《い》っためぐみがもどってくる。

そして、その後《うし》ろから走《はし》ってきたのは。

「馳《はせ》――！」

「神楽木《かぐらぎ》……」

晴《ハルト》と天馬《てんま》は、思《おも》わずたがいをにらみつけた。

音《おと》とめぐみも、おどろいて見《み》つめあっている。

（そうか――馳《はせ》も招待《しょうたい》されてたのか。デートかよ）

すると、いきなり、めぐみがうれしそうに両手《りょうて》をあげた。

「いいこと考《かんが》えたっ！　このままW《ダブル》デートしようよ！」

「は？　なに言《い》ってんだお前《まえ》！　そもそも俺《おれ》たちはデートじゃないだろ!?」

思《おも》わず叫《さけ》んだが、天馬《てんま》がじろりと見《み》てくる。

「見苦《みぐる》しいな、神楽木《かぐらぎ》。ふたりで来《き》てるのは事実《じじつ》だろ？」

「な……」

「俺《おれ》はいいよ。このまま四人《にん》でまわっても」

（こいつ――男《おとこ》らしく逃《に》げもかくれもしないってことか？　俺《おれ》に、江戸川《えどがわ》とのデートを見《み》せつけ

ダ
W《ダブル》デート？
うん
だって同じ場所にいるんだし

たいってことか!?)

絶句《ぜっく》していると、めぐみがそっと袖《そで》をひいた。そして、ささやく。

「見《み》せてやりなよ。ぜんぜん平気《へいき》だってとこを」

確《たし》かに。今《いま》逃《に》げたらきっと、この先《さき》も逃《に》げつづけることになるだろう。

(決《き》めろ、晴《ハルト》。ここは一発《いっぱつ》ガツンと!)

「おジャマじゃねーの? べつに俺《おれ》はいいけどよ」

そうだ! 余裕《よゆう》あるところを見《み》せるんだ!

そして、馳天馬《はせてんま》の少女漫画《しょうじょまんが》ヅラをぶっつぶしてやる!


「……なんかごめんね、音《おと》ちゃん……私《わたし》がW《ダブル》デートとか言《い》ったから」

「いいの、ぜんぜん。めぐみさんのせいじゃないよ」

ベンチで女子《じょし》ふたりは、ため息《いき》をついていた。

なんだか知《し》らないけど、晴《ハルト》がやたらめったら天馬《てんま》にからんでひっぱりまわしている。

さっきは、なぜかコーヒーカップにふたりでのりこんで、晴《ハルト》がものすごいいきおいでカップをまわしまくっていたが、結局《けっきょく》酔《よ》ったのは晴《ハルト》だけ。

それで懲《こ》りればいいものを、今度《こんど》はホラーハウスにふたりで入《はい》っていってしまった。

おかげで、女子《じょし》ふたりはほったらかしだ。どこがW《ダブル》デートだかわかりゃしない。

「天馬《てんま》くんの桃乃園《もものその》と、英徳《えいとく》って対抗《たいこう》してるっぽくて。神楽木《かぐらぎ》はそれで戦《たたか》いをいどんでるつもりなのかな……こんなとこに持《も》ちこまなくていいのに」

音《おと》が言《い》うと、めぐみはちょっと顔《かお》をしかめた。

「音《おと》ちゃん、それ本気《ほんき》で言《い》ってる？」

「え？」

「まあいいや……あっ、でてきたよ」

また晴《ハルト》はぐったりしたような顔《かお》をしている。

どうせ、自分《じぶん》ばっかりこわがっていたにちがいない。

「ふたりともごめん。次《つぎ》はいっしょに行《い》こう。なににのる？」

天馬《てんま》がにこやかに聞《き》く。

「観覧車《かんらんしゃ》のりません？　今度《こんど》はちゃんとしたペアで！」

めぐみが言《い》い、四人《にん》は観覧車《かんらんしゃ》にむかって歩《ある》きだした。

「観覧車《かんらんしゃ》、懐《なつ》かしいな。子《こ》どものころいっしょにのったよね」

天馬《てんま》が笑《わら》う。

「えっ、そうだっけ——忘《わす》れてる」

いつだっけ。思《おも》いだそうとしているうちに、もう乗《の》り場《ば》の前《まえ》に来《き》てしまった。

次《つぎ》の方《かた》どうぞ、と言《い》われ、ちょっと小走《こばし》りにゴンドラにのりこむ。

座席《ざせき》に腰《こし》をおろし、顔《かお》をあげると——あとからのりこんできたのは。

「えっ、神楽木《かぐらぎ》!?」

「えっ、なんで!?」

晴《ハルト》もおどろいている。

でも、もうおそい。外《そと》から鍵《かぎ》がかけられ、ゴンドラは地上《ちじょう》をはなれてしまった。

「ぼーっとしてたら、いつのまにか馳《はせ》を追《お》いこしちまったらしい……」

「いくらなんでも、ぼーっとしすぎでしょ」

音《おと》はあきれた。だけど、こうなったらしょうがない。音《おと》は、窓《まど》の外《そと》を見《み》た。

「……きれいだね」

「……馳《はせ》と上手《うま》くいけば、こっから見《み》える景色《けしき》の半分《はんぶん》ぐらいお前《まえ》のもんになるな」

イヤミな言《い》い方《かた》をする晴《ハルト》に、音《おと》はムッとする。

「あんたこそ、英徳《えいとく》で人気《にんき》集《あつ》めるために、めぐみさんを利用《りよう》してない？　もてあそぶならやめてあげなよ」

「えっ!?」

晴《ハルト》の顔色《かおいろ》が変《か》わった。

「お前《まえ》はどーなんだよ。お前《まえ》は、俺《おれ》をもてあそんでないか？」

いきなり立《た》ちあがった晴《ハルト》に、腕《うで》をつかまれる。

「知《し》らんぷりしてんじゃねーよ！　わかってんだろ？　俺《おれ》が好《す》きなのは——」

晴《ハルト》が言《い》いかけたところで、いきなり、ガン！　と大《おお》きな振動《しんどう》が来《き》た。

「えっ、止《と》まった!?」

なにかトラブルがあったらしい。音《おと》は慌《あわ》てて、扉《とびら》の上《うえ》の小窓《こまど》から下《した》をのぞいた。

「ウソ！　下《した》のゴンドラ、子《こ》どもが落《お》ちそうになってる！」

急《きゅう》に止《と》まったので、窓《まど》から顔《かお》をだしていた二歳《さい》ぐらいの子《こ》どもがバランスを崩《くず》したようだ。母《はは》親《おや》が服《ふく》をつかんでいるが、今《いま》にも落《お》ちそうだった。

事故《じこ》に気《き》づいた人《ひと》たちが集《あつ》まってくる。係員《かかりいん》たちが走《はし》りまわっている。もうてっぺんは過《す》ぎ、おりかけていたけれど、それでもかなりの高《たか》さだ。ここから落《お》ちたら命《いのち》があぶない。

「ちょっと！　神楽木《かぐらぎ》、なにするの!?」

いきなり、晴《ハルト》が小窓《こまど》から身《み》をのりだし、外《そと》へでようとする。

「あぶない！　やめなよ、あんたが落《お》ちちゃう！」

「こーいうとき、馳《はせ》ならきっとこうする……ぜったい負《ま》けたくねぇ」

「バカ言《い》わないで！　こんなところで英徳《えいとく》も桃乃園《もものその》もないでしょ！」

「学校《がっこう》の問題《もんだい》じゃねぇ！　俺《おれ》はひとつぐらい、馳《はせ》に勝《か》ちてぇ！」

晴《ハルト》は、あぶなっかしい手《て》つきで鉄骨《てっこつ》にぶらさがる。

もう見《み》ていられない。地上《ちじょう》からも悲鳴《ひめい》が聞《き》こえている。

時々《ときどき》手《て》が滑《すべ》りそうになりながら――それでもなんとか、晴《ハルト》は下《した》のゴンドラまでたどりついた。

「もう大丈夫《だいじょうぶ》だ」

子《こ》どもにそう声《こえ》をかけ、服《ふく》をつかんで、母親《ははおや》といっしょにひきあげる。

息《いき》をのんで見守《みまも》っていた地上《ちじょう》の人々《ひとびと》から、わっと歓声《かんせい》があがった。

だが、そのとき。いきなりまた、観覧車《かんらんしゃ》が動《うご》きだした。

「きゃーっ！　神楽木《かぐらぎ》！」

ふりおとされた！

音《おと》は思《おも》わず目《め》をつぶった。でも、拍手《はくしゅ》が聞《き》こえたので、おそるおそる下《した》をのぞく。

晴《ハルト》は、用意《ようい》された救助用《きゅうじょよう》のマットレスの上《うえ》に、大《だい》の字《じ》に伸《の》びていた。

（よかった……心臓《しんぞう》が止《と》まるかと思《おも》った……）

ゴンドラは今度《こんど》こそゆっくりと動《うご》き、やがて地上《ちじょう》についた。

「神楽木《かぐらぎ》！　大丈夫《だいじょうぶ》!?」

飛《と》びだして、かけ寄《よ》ろうとしたけれど。

晴《ハルト》にはもう、めぐみがしがみついて、泣《な》きじゃくっていた――……。

第《だい》9花《はな》 ちゃんと、終《お》わらせよう

（ガキのころから、世界《せかい》は――俺《おれ》の手《て》のなかにあると思《おも》っていた）

晴《ハルト》は、ぼんやりと自分《じぶん》の部屋《へや》でソファに座《すわ》り、暮《く》れていく庭《にわ》をながめていた。

（でも――どうしても手《て》からすりぬけるものがある……）

なにひとつ、天馬《てんま》に勝《か》てなかった。

コーヒーカップでも自分《じぶん》だけゲロゲロになって。ホラーハウスでびびりまくって。観覧車《かんらんしゃ》では、命《いのち》がけでカッコつけたのに、結局《けっきょく》は、マットの上《うえ》で呆然《ぼうぜん》と、音《おと》が天馬《てんま》といっしょに歩《ある》き去《さ》っていくのを、ただ見《み》つめるしかなかった。

もうあんなことしないで、と泣《な》いたのも、カッコよかったと言《い》ってくれたのも、音《おと》ではなくめぐみだった。

「坊《ぼっ》ちゃま、お客《きゃく》さまでございます」

執事《しつじ》の小林《こばやし》の声《こえ》にふりかえる。

「今《いま》だれにも会《あ》いたくね……あっ！」

そこに、音《おと》が立《た》っていた。

「お、お前《まえ》、なに……」

「今日《きょう》は、ちゃんと聞《き》きたくて来《き》たの」

音《おと》は、静《しず》かに部屋《へや》に入《はい》ってくると、晴《ハルト》の真正面《ましょうめん》に座《すわ》った。

「あなたは私《わたし》のことが、好《す》きなんですか？」

長《なが》い沈黙《ちんもく》。柱時計《はしらどけい》の音《おと》だけが、カチカチと聞《き》こえる。

晴《ハルト》は、決心《けっしん》して口《くち》を開《ひら》く。まっすぐに音《おと》を見《み》つめて。

「……好《す》きだ」

顔《かお》が熱《あつ》くなる。耳《みみ》まで真《ま》っ赤《か》になっているだろう。でも、言《い》わなければ。

「会《あ》ってからずっと、頭《あたま》ンなかはお前《まえ》のことばかり。なにをしてもここに江戸川《えどがわ》がいればって考《かんが》える。江戸川《えどがわ》に好《す》かれるにはどうしたらいいか、どうやったら触《ふ》れられるか――」

ホントに、本当《ほんとう》に。

「大好《だいす》きだ」

晴《ハルト》がきっぱりと言《い》いきると――音《おと》は、泣《な》きそうな顔《かお》になった。

「……ありがとう。聞《き》けてよかった」

ほおをうっすらと染《そ》め、静《しず》かにイスから立《た》ちあがる。

「ずっと、気持《きも》ちを閉《と》じこめさせてごめんね。もうこれで、ちゃんと終《お》わらせよう」

音《おと》は、晴《ハルト》をまっすぐに見《み》て、言《い》った。

「気《き》づいてあげられなくてごめん。でも、もう追《お》わないでください」

……言葉《ことば》が、でない。

「私《わたし》は今《いま》、つきあってる人《ひと》がいて、こんな風《ふう》に自分《じぶん》を想《おも》ってくれる人《ひと》とふたりきりでいるのも心《こころ》苦《ぐる》しい。もてあそんだつもりはないけど、そう思《おも》ったのなら――ごめんなさい」

音《おと》は頭《あたま》をさげた。晴《ハルト》は、思《おも》わず叫《さけ》んだ。

「……なんでだよ！　どうしても馳《はせ》がいいのか！　俺《おれ》じゃだめか！」

ああ、前《まえ》にもこんなこと口《くち》にした気《き》がする。だけど、もうごまかせない。

音《おと》は、黙《だま》って歩《ある》きだす。重《おも》い木《き》の扉《とびら》を押《お》しあけ、廊下《ろうか》へでていってしまう。

「江戸川《えどがわ》！　そんなにあいつが好《す》きか！　なぁ！　なんとも思《おも》わないか、今《いま》の俺《おれ》の、お前《まえ》に対《たい》する気持《きも》ちを聞《き》いて！」

音《おと》はふりかえった。こわばった顔《かお》。

…好きだ

「好《す》きっていうのは聞《き》いて、ありがとうと答《こた》えた。もう私《わたし》が言《い》うことはなにもない」

そう言《い》って——今度《こんど》は本当《ほんとう》に、小走《こばし》りに廊下《ろうか》をかけさっていった。

ふらふらと、晴《ハルト》は部屋《へや》をでる。

ぽたり、と、床《ゆか》に水滴《すいてき》が落《お》ちた。

「……なんだこれ」

力《ちから》なくほおに手《て》をあてる。晴《ハルト》はやっと、自分《じぶん》が泣《な》いていることに気《き》づいた。


音《おと》はぼんやりと、家《いえ》への道《みち》を歩《ある》く。

『……好《す》きだ』

晴《ハルト》の言葉《ことば》が、頭《あたま》のなかにこびりついてはなれない。

『会《あ》ってからずっと、頭《あたま》ンなかはお前《まえ》のことばかり。なにをしてもここに江戸川《えどがわ》がいればって』

大丈夫《だいじょうぶ》。今《いま》だけ。胸《むね》が苦《くる》しいのは。

『大好《だいす》きだ』

言葉《ことば》の持《も》つ力《ちから》が強《つよ》くて、ただ圧倒《あっとう》されて、どうしていいかわからなくなってるだけ。

もう迷《まよ》わない。ちゃんと決《き》めた。

決《き》めたんだから。


「おかえり」

ふいに声《こえ》をかけられて、顔《かお》をあげる。

音《おと》の家《いえ》のあるアパートの前《まえ》に、天馬《てんま》が待《ま》っていた。

「天馬《てんま》くん……ずっと……待《ま》っていてくれたの？」

別《わか》れてから、もう何時間《なんじかん》も経《た》っているのに？

「ご……ごめんなさい！」

思《おも》わず謝《あやま》った音《おと》を、天馬《てんま》はやさしく抱《だ》き寄《よ》せた。

初《はじ》めて触《ふ》れられて、息《いき》をつめた音《おと》に、天馬《てんま》はそっと顔《かお》を寄《よ》せてくる。

「もう俺《おれ》に——謝《あやま》るな」

くちびるが、やさしく重《かさ》なった。

その次《つぎ》の日《ひ》から──音《おと》と、晴《ハルト》は、もう、目《め》を合《あ》わせることすらなくなってしまった。

活気《かっき》がなくなっていた英徳学園《えいとくがくえん》は、西留《にしどめ》めぐみの転入《てんにゅう》が話題《わだい》になったおかげで、人気《にんき》がもりかえしつつあるらしい。在校生《ざいこうせい》たちも楽《たの》しそうだ。

そのおかげで、めぐみは、すっかり〈コレクト5《ファイブ》〉の男子《だんし》たちに受《う》けいれられ、いつも晴《ハルト》のとなりにぴったりと寄《よ》りそっている。

愛莉《あいり》はそれが不満《ふまん》で文句《もんく》ばかり言《い》っていたけれど、そのほうが英徳《えいとく》のためになるんだと海斗《かいと》たちにやりこめられて、しぶしぶ従《したが》っているようだった。

今日《きょう》も、音《おと》は、目《め》の前《まえ》を黙《だま》って歩《ある》いていく、ブラックジャケットを着《き》た晴《ハルト》を見送《みおく》る。

（これでいいんだよね──知《し》らない同士《どうし》にもどっただけ……）

こうやって、時間《じかん》が過《す》ぎるのを待《ま》つしかない。

きっと、いつかは、この胸《むね》の痛《いた》みも消《き》えるだろう───……。

ある朝《あさ》。音《おと》が登校《とうこう》すると――校門《こうもん》の前《まえ》に、人《ひと》だかりができていた。

「な、なに、これ……！　ひどい！」

門柱《もんちゅう》に。石畳《いしだたみ》に。校名《こうめい》のプレートに。黄色《きいろ》いペンキで、むちゃくちゃな落書《らくが》きがされている。

【さよならエイトク】【アホ】【コレクト5《ファイブ》ダサい】【死《し》ね】――……。

幼稚《ようち》で、下品《げひん》な言葉《ことば》がいくつもいくつも。

「なにこれ、こわい……」

「ねえ、知《し》ってる？　最近《さいきん》、街《まち》でもガラの悪《わる》い男《おとこ》たちが『英徳狩《えいとくが》り』って言《い》っておそってくるって話《はなし》――お金《かね》取《と》られたり、スプレーかけられたりするって」

「こんなの英徳学園《えいとくがくえん》始《はじ》まって以来《いらい》じゃない」

「やっぱり〈F4《エフフォー》〉がいたころとはぜんぜんちがうんだよ。〈コレクト5《ファイブ》〉じゃだめなんじゃや……」

生徒《せいと》たちは、遠巻《とおま》きにザワザワするばかり。

〈コレクト5《ファイブ》〉も、ショックを受《う》けて、立《た》ちすくんでいる。

音《おと》は、だんだん腹《はら》が立《た》ってきた。

ひとりで、バケツに水《みず》をくみ、そうじ用具《ようぐ》入《い》れからモップをだして、正門前《せいもんまえ》にもどる。

「ちょっと通《とお》して。ペンキはかわくと取《と》れなくなるから。早《はや》いうちに消《け》さないと」

えー、なにやってんの？　と、生徒《せいと》たちが笑《わら》う。

音《おと》は、モップで落書《らくが》きをこすりながら、言《い》いかえした。

「なんかあったらすぐ〈F4《エフフォー》〉とか、〈コレクト5《ファイブ》〉とか――人《ひと》のせいにするの、おかしいと思《おも》う。自分《じぶん》たちの学校《がっこう》でしょ」

（なにやってるんだろう、私《わたし》――まったくもう）

生徒《せいと》たちは、ただ顔《かお》を見《み》あわせるばかりだったが、動《うご》いたのは〈コレクト5《ファイブ》〉だった。

「水《みず》くんでくるか。業者《ぎょうしゃ》が来《く》る前《まえ》にあらかた消《け》しとこうぜ」

「まあ、消《け》しても、このままだとまたやられるだろうけど」

杉丸《すぎまる》が、一茶《いっさ》が、それぞれ清掃道具《せいそうどうぐ》を取《と》りに行《い》った。海斗《かいと》も。愛莉《あいり》もめぐみも。

それを見《み》て、ほかの生徒《せいと》たちも慌《あわ》ててそうじをしはじめる。

ホッとして、顔《かお》をあげると――晴《ハルト》と目《め》が合《あ》った。

「……まったく、よけーなことすんなっての」

「なんでも人《ひと》のせいにするここの人《ひと》たちが頭《あたま》にくるだけ。あんたのためじゃないしっ」

「そーかよ。サンキュな」

ぶっきらぼうにそう言《い》って、晴《ハルト》は歩《ある》いていってしまった。

「音《おと》！　見《み》なおしちゃった！」

いきなり、愛莉《あいり》がかけ寄《よ》ってくる。

「そんなことないよ。愛莉《あいり》だってがんばってるじゃない」

「！　今《いま》、〝愛莉《あいり》〟って呼《よ》んだ!?　うれしい！」

愛莉《あいり》は音《おと》の背中《せなか》に飛《と》びのった。

「もういいや、音《おと》と馳《はせ》がつきあっても、晴《ハルト》があの女《おんな》とつきあっても、音《おと》が愛莉《あいり》の友《とも》だちでいてくれればいい！」

「なに言《い》ってんの」

笑《わら》いながら、音《おと》は、去《さ》っていく晴《ハルト》の後《うし》ろ姿《すがた》を見送《みおく》る。

（神楽木《かぐらぎ》――私《わたし》は知《し》ってる。あんたがどんなに本気《ほんき》で英徳《えいとく》のためにがんばってるか）

もうなにもできないけど。心《こころ》のなかで、ずっと応援《おうえん》しているから。

第《だい》10花《はな》

わかれ道《みち》

「うーん。ホントにバイトまでにもどれるのかな」

音《おと》は、地下鉄出口《ちかてつでぐち》のところで、愛莉《あいり》を待《ま》っていた。

バイトの時間《じかん》までいっしょにカフェでお茶《ちゃ》しよう、車《くるま》でむかえに行《い》くからねと言《い》われ、断《ことわ》りきれずに来《き》たけれど、遅刻《ちこく》したら、いっしょにシフト入《はい》っている紺野《こんの》に迷惑《めいわく》がかかってしまう……。

「こんにちわぁ、ひとり？」

顔《かお》をあげると、見《み》るからにガラの悪《わる》そうな若《わか》い男《おとこ》が三人《にん》、へらへらしながら立《た》っていた。

「いえ、待《ま》ち合《あ》わせしてるんで……」

思《おも》わず後《あと》じさると、男《おとこ》たちはにやりと笑《わら》う。

「断《ことわ》れると思《おも》ってるの？　英徳《えいとく》ちゃん」

「！」

男《おとこ》の手《て》には、黄色《きいろ》いスプレー缶《かん》が握《にぎ》られていた。

「あんたたちが英徳狩《えいとくが》りの⁉　今日《きょう》の校門《こうもん》のスプレーも⁉　なんのためにこんなことするの⁉」

「そんなこと聞《き》いてくる子初《こはじ》めてじゃん。泣《な》きだすかおびえるか、お金《かね》ならあげるってすぐ財布《さいふ》だしたり、友《とも》だち見捨《みす》てて逃《に》げたり。マジ笑《わら》えるんだけど」

男《おとこ》たちは笑《わら》いながら、音《おと》の腕《うで》をつかんだ。

「ちょっと、やめて！　はなして！」

暴《あば》れる音《おと》に、スプレーがかけられる。

「やべー、顔《かお》にかかっちゃった。暴《あば》れるから～」

「痛《いた》っ！　目《め》が！」

目《め》に入《はい》った！　なにも見《み》えなくなり、音《おと》はその場《ば》に座《すわ》りこんでしまう。

「なにしてるんだ、お前《まえ》ら！」

そのとき、遠《とお》くから何人《なんにん》かが走《はし》ってくる足音《あしおと》がした。

「なんか来《き》た！　逃《に》げろ！」

男《おとこ》たちはバタバタと逃《に》げだしていく。

「大丈夫《だいじょうぶ》ですか？」

若《わか》い男《おとこ》の人《ひと》が顔《かお》をのぞきこんでくる。

「目《め》にスプレーのペンキが……見《み》えない……」

「ペンキが目《め》に？　病院《びょういん》で洗浄《せんじょう》してもらわないと！」

その人《ひと》は、音《おと》に手《て》を貸《か》して立《た》ちあがらせてくれたが、そのとき別《べつ》の男《おとこ》がそばから言《い》った。

「この制服《せいふく》――英徳《えいとく》の人間《にんげん》じゃないか。どうしますか、近衛《このえ》さん」

すると、また別《べつ》の男《おとこ》の声《こえ》。

「お前《まえ》は、英徳《えいとく》の人間《にんげん》だから見捨《みす》てるのか。そんな恥《は》ずべき考《かんが》えのお前《まえ》のほうが、わが桃乃園学《もものぞのがく》院《いん》に必要《ひつよう》ないんじゃないか？」

「も、申《もう》し訳《わけ》ありません！」

(桃乃園学院《もものぞのがくいん》――天馬《てんま》くんの学校《がっこう》？)

目《め》が見《み》えないのでよくわからない。おろおろしていると、だれかがそっと後《うし》ろから支《ささ》えてくれた。

「とにかく、近《ちか》くに総合病院《そうごうびょういん》あるから行《い》きましょう」

音《おと》はほっとして、彼《かれ》らといっしょに歩《ある》きだした。

「すぐに洗浄《せんじょう》してよかったです。目薬《めぐすり》を忘《わす》れずさしてくださいね」

「ありがとうございました」

音《おと》は、眼科《がんか》の先生《せんせい》に頭《あたま》をさげて、診察室《しんさつしつ》をでる。

廊下《ろうか》には、桃乃園学院《もものそのがくいん》の制服《せいふく》を着《き》た男子生徒《だんしせいと》が立《た》っていた。

「大丈夫《だいじょうぶ》でしたか。私《わたし》は桃乃園学院生徒会《もものそのがくいんせいとかい》の近衛仁《このえひとし》です」

小柄《こがら》でほっそりした、色《いろ》の白《しろ》い少年《しょうねん》だった。

「おかげさまで充血《じゅうけつ》ですみました。本当《ほんとう》にありがとうございました」

音《おと》がお礼《れい》を言《い》うと、近衛《このえ》はほほえんだ。

「ああいった連中《れんちゅう》が最近《さいきん》トラブルを起《お》こしているらしく、ちょうど巡回《じゅんかい》していました。大事《だいじ》にいたらなくて本当《ほんとう》によかった」

(桃乃園学院《もものそのがくいん》は天馬《てんま》くんの学校《がっこう》としか知《し》らなかったけど、街《まち》のパトロールまでしてるんだ……)

音《おと》がおどろいていると、そこへだれかが走《はし》りこんできた。

「音《おと》！」

「天馬《てんま》くん！　どうして……」

近衛《このえ》が天馬《てんま》に道《みち》をゆずりながら言《い》う。

「江戸川音《えどがわおと》さん。会長《かいちょう》のおつきあいされている方《かた》だと思《おも》いましたので、私《わたし》が連絡《れんらく》しました」

「大丈夫《だいじょうぶ》か、なんでこんなことに……」

「愛莉《あいり》と待《ま》ち合《あ》わせしてたら、へんな男《おとこ》たちが……って、今何時《いまなんじ》!?」

「七時《じ》すぎだけど――」

「大変《たいへん》！　愛莉《あいり》とバイト先《さき》に連絡《れんらく》いれないと！」

バタバタとスマホを取《と》りだす音《おと》を、天馬《てんま》は心配《しんぱい》そうに見《み》ていたが、音《おと》が電話《でんわ》しおわるのを待《ま》って、静《しず》かに言《い》った。

「音《おと》。ずっと言《い》おうと思《おも》っていたけど――こんな危険《きけん》な目《め》に何度《なんど》もあってまで、英徳学園《えいとくがくえん》にいる意味《いみ》はあるのかな」

「え？」

天馬《てんま》は、悲《かな》しそうな顔《かお》で音《おと》を見《み》つめる。

「音《おと》がひどい目《め》にあうのを、もう見《み》ていられない。英徳《えいとく》をやめて、桃乃園学院《もものぞのがくいん》に転入《てんにゅう》してこない

俺はもう限界だよ
音《おと》がひどい目にあうのをもう見ていられない

か」

音《おと》は、息《いき》をのんだ。

「……でも、あの……天馬《てんま》くんのお義母《かあ》さまが……」

「ああ、そうだ。そうだったっけ」

天馬《てんま》は軽《かる》く額《ひたい》を押《お》さえた。

「もうそれは気《き》にしなくていい。俺《おれ》からちゃんと言《い》うから。考《かんが》えてみてほしい」

とつぜんのことで、音《おと》は返事《へんじ》ができなかった。

そこへ、少《すこ》しはなれたところで待《ま》っていた近衛《このえ》が声《こえ》をかけてくる。

「すみません、会長《かいちょう》。手配《てはい》していた車《くるま》がついたようですが、どうしましょう」

「ありがとう。音《おと》が今《いま》からバイトなので、のせていってやってくれないかな」

「えっ、そんなのいいよ！」

慌《あわ》てる音《おと》に、天馬《てんま》はほほえんだ。

「本当《ほんとう》は、こんなときにバイトなんか行《い》くなって言《い》いたいけど、行《い》くんだろう？　だったら送《おく》らせてくれよ」

そう言《い》われると断《ことわ》れない。音《おと》は、天馬《てんま》に礼《れい》を言《い》って、近衛《このえ》といっしょに歩《ある》きだした。

（天馬《てんま》くんは正《ただ》しい――確《たし》かに、これ以上英徳《いじょうえいとく》にいてもしょうがないのかもしれない）

でも――なぜ、自分《じぶん》はこんなに、気持《きも》ちが沈《しず》むのだろう。

「いつ転入《てんにゅう》されるんですか？」

病院《びょういん》の正面玄関《しょうめんげんかん》につけられていた高級車《こうきゅうしゃ》にのりこみながら、近衛《このえ》がたずねた。

「――考《かんが》え中《ちゅう》です」

「なにを考《かんが》えることがあるんですか。馳《はせ》さんのそばにいられる幸《しあわ》せは、なににもかえがたいものでしょう？　贅沢《ぜいたく》な方《かた》ですね」

近衛《このえ》のおおげさな言葉《ことば》に、音《おと》はちょっとおどろいた。

「こ、近衛《このえ》さんは、天馬《てんま》くんとはどういう……」

「馳《はせ》さんには恩《おん》がありまして――私《わたし》はたぶん、一生《いっしょう》かかってもおかえしすることができないと思《おも》っています」

（一生《いっしょう》って……なんか、すごい人《ひと》だな）

音《おと》は近衛《このえ》の顔《かお》を横目《よこめ》でちらりと見《み》た。冗談《じょうだん》を言《い》っている様子《ようす》にも見《み》えない。それどころか、彼《かれ》はまた、真顔《まがお》で問《と》いかけてきた。

「それで、いつ転入《てんにゅう》してきます？　手続《てつづ》きは早《はや》めのほうがいいかと」

（さっき考《かんが》えてるって言《い》ったところなのに……なんでそんな……）

押《お》しつけがましすぎて、ちょっとこわい。

やがて、車《くるま》はコンビニ前《まえ》についた。音《おと》は、近衛《このえ》に礼《れい》を言《い》い、車《くるま》からおりようとする。

すると、また、近衛《このえ》が言《い》った。

「コンビニでのバイトなんて、すぐやめたほうがいいです。馳《はせ》さんが恥《はじ》をかきますから」

「は？」

呆然《ぼうぜん》としているうちに、車《くるま》は走《はし》りさってしまった。

（な、なにあの人《ひと》――失礼《しつれい》すぎる！）

モヤモヤしながらコンビニに入《はい》り、心配《しんぱい》をかけたことを紺野《こんの》に謝《あやま》って、バックヤードで制服《せいふく》に着《き》がえる。

（それにしても――もし、あの男《おとこ》たちが校門《こうもん》の落書《らくが》きしたのなら、ちゃんと告発《こくはつ》しないと……）

やっぱり、〈コレクト5《ファイブ》〉に言《い》うべきだろうか……でも、もう晴《ハルト》には声《こえ》をかけづらい。

（愛莉《あいり》か……それか、海斗《かいと》さんか……）

考《かん》えながらレジに立《た》つ。すると、だれかが店《みせ》に入《はい》ってきた。

「いらっしゃいませ――あっ！」

それは、晴《ハルト》だった。

「なんだよ。いるじゃねーか。愛莉《あいり》のヤツ、待《ま》ち合《あ》わせ場所《ばしょ》に来《こ》ないとか大《おお》さわぎしやがって。っとに人《ひと》さわがせなヤツだな」

「ご、ごめん」

うっかり謝《あやま》ってしまった。と、晴《ハルト》はその音《おと》の顔《かお》を見《み》て、血相《けっそう》を変《か》えた。

「どこでやられた!?」

「えっ!?」

「顔《かお》についてるペンキだよ！　わかんねーと思《おも》ってんのか？」

洗《あら》ったつもりだが、まだついていたらしい。

「英徳狩《えいとくが》りにやられたのか!?　ただじゃおかねぇそいつら——なにされたんだ！」

あまりの剣幕《けんまく》に、音《おと》はしどろもどろに答《こた》える。

「スプレーかけられて、目《め》に入《はい》って——そのときちょうど、桃乃園《ものぞの》の生徒《せいと》の人《ひと》たちが通《とお》りかかって、助《たす》けてもらった」

「……桃乃園《もものぞの》？　なんでそこで桃乃園《もものぞの》がでてくるんだよ」

急《きゅう》に、晴《ハルト》の顔《かお》がゆがんだ。

「なんでって……知《し》らないよ。たまたまだと思《おも》う……」

「――駈《はせ》は？」

「天馬《てんま》くんは……病院《びょういん》に来《き》てくれたけど――そんなことより、その犯人《はんにん》、三人組《にんぐみ》の男《おとこ》で、もしかして校門《こうもん》のペンキもそいつらがやったんじゃないかなって」

晴《ハルト》はそっぽをむいている。

「ねえ、聞《き》いてる？」

ちょっとムッとしてそう言《い》うと、晴《ハルト》はつめたい目《め》で音《おと》をにらんだ。

「お前《まえ》、本当《ほんとう》は英徳《えいとく》のことなんてどーでもいいんじゃね？ なんたって、桃乃園《もものぞの》の生徒会長《せいとかいちょう》の女《おんな》だもんな」

音《おと》は息《いき》をのんだ。

とっさに、言葉《ことば》がでてこない。

(本当《ほんとう》はわかってた――天馬《てんま》くんの言葉《ことば》に、なんですぐ返事《へんじ》できなかったのか)

それは、晴《ハルト》ががんばっていたのを知《し》っていたから。

自分《じぶん》が桃乃園《もものぞの》に転入《てんにゅう》したら、またひとり、英徳《えいとく》の生徒《せいと》が減《へ》ってしまうことになるから。

「どうでもいいなんて思《おも》ってないよ。わかってもらえないかもしれないけど」

だけど——もういい。

「今日《きょう》——天馬《てんま》くんに、桃乃園《もものぞの》に転入《てんにゅう》しないかって言《い》われたの。英徳《えいとく》に通《かよ》いつづける理由《りゆう》があるのかって」

晴《ハルト》の顔色《かおいろ》が変《か》わった。音《おと》は、彼《かれ》をまっすぐ見《み》て言《い》った。

「でも、今《いま》わかった。そんな理由《りゆう》はないってことが」

帰《かえ》ってよ、と、音《おと》は叫《さけ》んだ。

「帰《かえ》ってよっ！　人《ひと》の気《き》も知《し》らないで！」

晴《ハルト》は、一瞬《いっしゅん》だけ絶望《ぜつぼう》したような顔《かお》をしたが、やがて、キッと音《おと》をにらみすえた。

「ああ——そうかよ。お前《まえ》みたいな庶民《しょみん》、いてもいなくても変《か》わんねぇ。サッサとやめろ。そんで、彼氏《かれし》に面倒見《めんどうみ》てもらえよ、金銭面《きんせんめん》もな」

そう言《い》って——晴《ハルト》は店《みせ》からでていった。

第《だい》11花《はな》 近衛《このえ》の正体《しょうたい》

晴《ハルト》は、自分《じぶん》の部屋《へや》で、ひとりぼんやりと窓《まど》の外《そと》をながめていた。

(――バカだな、ホントに俺《おれ》は……)

音《おと》に、またひどいことを言《い》ってしまった。

英徳《えいとく》のことなんかどうでもいい、なんて、音《おと》が思《おも》っているわけないのに。

「ちくしょー……なんであんな言《い》い方《かた》しちまったんだろう」

思《おも》わずつぶやいたとき。

「やっぱり、音《おと》さんのところ行《い》ってたんだ」

めぐみの声《こえ》がした。びっくりしてふりかえると、そこにめぐみが立《た》っていた。

「もう忘《わす》れようよ！ 私《わたし》、本当《ほんとう》に晴《ハルト》くんが好《す》きなの。私《わたし》のことちゃんと見《み》て。もう、私《わたし》、晴《ハルト》くんが傷《きず》つくの見《み》たくないの」

めぐみは、晴《ハルト》の手《て》を握《にぎ》って、自分《じぶん》の胸《むね》に導《みちび》こうとする。

「私《わたし》、晴《ハルト》くんのためならなんだってできるよ……」

晴《ハルト》は、目《め》の前《まえ》がぐらぐらと揺《ゆ》れるような気《き》がした。

そうだ——もう、もういいんじゃないか？

(江戸川《えどがわ》は馳《はせ》のもので——俺《おれ》はきっちりフラれてる)

音《おと》が桃乃園《もものその》に転校《てんこう》すれば、目《め》の前《まえ》からも消《き》えて、出会《であ》ったことさえ昔話《むかしばなし》になる。

(そして、今《いま》ここに、男《おとこ》ならだれでもうらやましがるような女《おんな》がいて、本当《ほんとう》に俺《おれ》を好《す》きだと言《い》う)

めぐみが悪《わる》いヤツでないことは、晴《ハルト》だってよくわかっている。

音《おと》にフラれて落《お》ちこんでいる晴《ハルト》を、あれこれなぐさめようとしてくれたし、彼女《かのじょ》が転校《てんこう》してきてくれたことで、英徳《えいとく》には活気《かっき》がもどった。

(もう、いいんじゃないか……このままどうなっても)

決《けっ》して自分《じぶん》を傷《きず》つけない女《おんな》と、このまま逃《に》げだしても——……。

「晴《ハルト》くん……好《す》きだよ」

めぐみは泣《な》いていた。

(もう——このままもどれなくなるところまで行《い》けば……そうしたら忘《わす》れられるのか)

いいや——だめだ。

今《いま》こうして、この美少女《びしょうじょ》とふたりきりのときでも、晴《ハルト》の目《め》の前《まえ》には、音《おと》の笑顔《えがお》がちらついてはなれない。

晴《ハルト》は、ぐっと息《いき》をのむと、めぐみの手《て》をゆっくりふりはらった。

「――〈コレクト5《ファイブ》〉のリーダーなんていきがってる俺《おれ》は、ウソっぱちだ」

「晴《ハルト》くん……？」

「ずっとウソばかりついてきた――だから、もう、本物《ほんもの》しかほしくない」

「本物《ほんもの》……って――音《おと》さんのことはもう終《お》わってるでしょう！」

「終《お》わってない」

晴《ハルト》はきっぱりと言《い》った。

「俺《おれ》が終《お》わらせたときが、本当《ほんとう》の終《お》わりだ」

「未練《みれん》がましすぎる！　なによ本物《ほんもの》って！　バカじゃないの！」

涙《なみだ》を流《なが》しながらおこりだしためぐみに、晴《ハルト》は心《こころ》から謝《あやま》る。

「……ごめんな。でも」

終《お》わらない。終《お》わらせたくないんだ。

「……もう、いい」

めぐみは、泣《な》きながら、部屋《へや》をでていった。


「ああ——ゆううつだな……」

次《つぎ》の日《ひ》の朝《あさ》。音《おと》は、英徳学園《えいとくがくえん》への道《みち》を、のろのろと歩《ある》いていた。

(神楽木《かぐらぎ》に、転校《てんこう》するってタンカきったのに——……)

母親《ははおや》に話《はな》すと、アッサリと「だめ」と言《い》われてしまった。

ずっと、天馬《てんま》の義母《ぎぼ》が条件《じょうけん》をだしたせいで英徳《えいとく》に通《かよ》わされていると思《おも》っていたのに、実《じつ》はそれだけではなかったらしい。

『もちろんそれもあるけれど、英徳学園《えいとくがくえん》は私《わたし》が子《こ》どものころからのあこがれだったの。子《こ》どもが生《う》まれたら、ぜったい英徳《えいとく》に入《い》れようって決《き》めてたのよ』

だから転校《てんこう》なんてだめ、と、母《はは》は言《い》った——……。

(まあ……こないだの捨《す》て台詞《ぜりふ》は、神楽木《かぐらぎ》の本心《ほんしん》じゃないのは、もう私《わたし》にもわかってるけどさ、それだけに、結局《けっきょく》やめないなんて言《い》ったら、ぜったい調子《ちょうし》にのってあざわらってくるよね)

「うっ……胃《い》がキリキリする……」

いろんなことがいっぺんにありすぎて、最近《さいきん》ものすごく胃《い》の調子《ちょうし》が悪《わる》い。

(天馬《てんま》くんにもちゃんと言《い》わないと……だけど、あの近衛《このえ》って人《ひと》……)

音《おと》が転入《てんにゅう》してくるって決《き》めつけていたけど、なんだかこわい。

やっぱりやめますなんて言《い》ったら、またなにか言《い》われそう。

「お────と────！」

校門《こうもん》を入《はい》ったとたんに、いきなり、飛《と》びついてきたのは愛莉《あいり》だった。

「もー!!　心配《しんぱい》したんだからねっ！　この前《まえ》!!」

「ごっ、ごめん!!」

愛莉《あいり》はしばらくポカポカと音《おと》の背中《せなか》をたたいていたが、やがて、真顔《まがお》になり、音《おと》を近《ちか》くのベンチに座《すわ》らせると、ささやいた。

「ね、ところでさ、西留《にしどめ》めぐみ、転校《てんこう》するかもしれないんだって」

「えっ、そうなの？」

びっくりしていると、植《う》えこみのむこうから、海斗《かいと》、杉丸《すぎまる》、一茶《いっさ》の三人《にん》もあらわれる。

「今日《きょう》はもう彼女《かのじょ》は来《き》ていない。晴《ハルト》もな」

「……神楽木《かぐらぎ》も？」

海斗《かいと》の言葉《ことば》に音《おと》がおどろいていると、杉丸《すぎまる》が言《い》った。

「あいつにゃやっぱ無理《むり》だろー、偽装《ぎそう》レンアイとか」

「偽装《ぎそう》……って？」

「俺《おれ》が晴《ハルト》に、西留《にしどめ》の気持《きも》ちを利用《りよう》しろと言《い》ったんだ。だけど無理《むり》だったみたいだな」

海斗《かいと》は苦笑《にがわら》いをした。

「晴《ハルト》はよっぽどあんたがいいらしいな」

（そんな……）

愛莉《あいり》も一茶《いっさ》も笑《わら》っていたけれど。

音《おと》は、どうしていいかわからず、天《てん》をあおいだ。


「な、なにこれ……!?」

その日《ひ》、音《おと》が家《いえ》に帰《かえ》ると、見知《みし》らぬ荷物《にもつ》が届《とど》いていた。あけてみると、なかに入《はい》っていたのは、桃乃園学院《もものぞのがくいん》の女子用制服《じょしようせいふく》だ。

送《おく》り主《ぬし》は——近衛仁《このえひとし》。

「まだなにも言《い》ってないのに、なんでこんなことするの……」

音《おと》は、その箱《はこ》をかかえたまま、家《いえ》を飛《と》びだした。

送《おく》り状《じょう》に書《か》かれていた近衛《このえ》の家《いえ》にむかうため、電車《でんしゃ》に飛《と》びのる。

（なんなのあの人《ひと》——強引《ごういん》すぎるよ。確《たし》かに、ちゃんと断《ことわ》らなかった私《わたし》も悪《わる》いけど）

これをかえして、はっきり言《い》おう。桃乃園《もものぞの》には行《い》かないって。


近衛《このえ》の家《いえ》は、都心《としん》の一等地《いっとうち》に建《た》つ、超高級《ちょうこうきゅう》マンションだった。

敷地《しきち》が広《ひろ》すぎて、どこが入《い》り口《ぐち》なのかもよくわからない。

制服《せいふく》の箱《はこ》をかかえたまま、うろうろとまわりを歩《ある》きまわっていると、植《う》えこみのむこうを、若《わか》い男《おとこ》が数人《すうにん》歩《ある》いていくのが見《み》えた。

（……！）

そのうちの三人《にん》に、音《おと》は見覚《みおぼ》えがあった。あれは、まちがいなく——……。

（私《わたし》にスプレーをかけた、あのヤンキー……！）

しかも、彼《かれ》らといっしょにいるもうひとりは……。

(近衛《このえ》……さん!?)

四人《にん》はそのまま、人目《ひとめ》につかない駐車場《ちゅうしゃじょう》のすみに歩《ある》いていった。音《おと》がそっとあとをつけ、柱《はしら》のかげからのぞいていると、近衛《このえ》が男《おとこ》たちになにか封筒《ふうとう》をわたしている。

「はい、確《たし》かに約束通《やくそくどお》り十万円《じゅうまんえん》っと」

「それ持《も》って裏口《うらぐち》から帰《かえ》れ。お前《まえ》らみたいなのがこんなところにいると目立《めだ》つ」

「どうします？　例《れい》のペンキ作戦《さくせん》。まだやるならやるけど？」

「とりあえずいったん中止《ちゅうし》でいい。必要《ひつよう》ならまた呼《よ》ぶ」

へーい、と、ヤンキーたちは下品《げひん》に笑《わら》い、手《て》をふって去《さ》っていった。

音《おと》の手《て》から、ずるずると制服《せいふく》の箱《はこ》が滑《すべ》りおちる。

近衛《このえ》が、ゆっくりとふりかえり――薄《うす》く笑《わら》った。

「制服《せいふく》――届《とど》いたんですね」

「あなたなんですか!?　英徳《えいとく》の生徒《せいと》を狩《か》ったり、校門《こうもん》にペンキを――……!」

だが、近衛《このえ》は顔色《かおいろ》も変《か》えない。

「そんなことはどうでもいいことですよ。あなたはさっさと桃乃園《もものぞの》への転入手続《てんにゅうてつづ》きをすればいいんです」

さすがに、音《おと》もキレた。大声《おおごえ》で言《い》いかえす。

「行《い》かないよ。今日《きょう》はそれを言《い》いにきたの。こんな汚《きたな》いことまでして、英徳《えいとく》に勝《か》ちたいの？」

「桃乃園対英徳《もものぞのたいえいとく》なんてどうでもいい。バカ女《おんな》め」

近衛《このえ》は、今《いま》までとはまるでちがう、低《ひく》い声《こえ》で言《い》った。

「私《わたし》は、あの方《かた》の勝利《しょうり》のことしか考《かんが》えてない」

「あの方《かた》――って、天馬《てんま》くんのこと？　天馬《てんま》くんがこんなことしてよろこぶわけがない！」

「言《い》うつもりですか、馳《はせ》さんに」

近衛《このえ》は笑《わら》った。

「言《い》ってみたらいい。なんの証拠《しょうこ》もないのに、信《しん》じませんよ、だれも」

そう言《い》って、音《おと》をにらみつける。

「私《わたし》は、初等部《しょとうぶ》のころひどいいじめにあって、自殺《じさつ》しようとしたことがあります。それを止《と》めてくれたのが馳《はせ》さんでした。それだけじゃない。私《わたし》をいじめていた連中《れんちゅう》ひとりひとりに取《と》りなしてくれた。私《わたし》は、馳《はせ》さんのためならなんでもします」

その目《め》は、まるで神《かみ》さまを信《しん》じる子《こ》どものようだった。

「英徳《えいとく》をやめないのは、神楽木晴《かぐらぎハルト》のためですか。ずいぶん仲《なか》がいいようですが」

「ちがいます。やめないのは家庭《かてい》の事情《じじょう》で、それもあんたには関係《かんけい》ない」

「そんなの建前《たてまえ》でしょう。ふたりの男《おとこ》を手玉《てだま》にとって、さぞ楽《たの》しいでしょうね」

あまりに腹《はら》が立《た》ちすぎて、音《おと》は言葉《ことば》につまった。近衛《このえ》はつづける。

「まあ、英徳《えいとく》のリーダーがもてあそばれようとどうでもいいですが、あなたは馳《はせ》さんにふさわしくないです。家柄《いえがら》も見《み》た目《め》もなにもかも」

そう言《い》うと、音《おと》が落《お》とした制服《せいふく》を拾《ひろ》いあげる。

「馳《はせ》さんが望《のぞ》むのならと、制服《せいふく》を用意《ようい》したのに――無意味《むいみ》でしたね」

さようなら、と、近衛《このえ》はほほえんで去《さ》っていった。


「天馬《てんま》さまはまだ帰宅《きたく》しておられなくて――よろしければこちらでお待《ま》ちください」

メイドに案内《あんない》された、天馬《てんま》の家《いえ》の広々《ひろびろ》とした応接間《おうせつま》で、音《おと》はソファに座《すわ》っていた。

キリキリと胃《い》が痛《いた》む。

『あなたは馳《はせ》さんにふさわしくないです』

そんなことわかってる。ふさわしいなんて一度《いちど》も思《おも》ったことはない――……。

胃《い》を押《お》さえながら考《かんが》えこんでいると、やっと天馬《てんま》が帰《かえ》ってきた。

「ごめん、音《おと》。待《ま》たせて」

そう言《い》って入《はい》ってきた天馬《てんま》に、音《おと》はかけ寄《よ》る。

「天馬《てんま》くん、とつぜんごめん。話《はなし》があって――今日《きょう》、急《いそ》いでできたからスマホも忘《わす》れてきて」

「急《いそ》いで？　なんでそんなに慌《あわ》ててるんだ？」

「あの、あのね、びっくりしないで聞《き》いてほしいの。この間《あいだ》私《わたし》にスプレーかけた、英徳《えいとく》の生徒《せいと》に嫌《いや》がらせしているグループが――」

言《い》いかけて、音《おと》はかたまった。

天馬《てんま》の後《うし》ろ。ドアのかげに、だれかが立《た》っている。

「ああ、ごめん。友人《ゆうじん》がいっしょなんだ――おい、そんなとこにいないで入《はい》れよ」

天馬《てんま》に招《まね》かれて入《はい》ってきたのは。

「すみません。おじゃまかなって」

それは――近衛《このえ》だった。

「こんにちは、江戸川《えどがわ》さん」

まるで、さっきのことなどなにもなかったかのように、近衛《このえ》はほほえんでいる。

「それで？　音《おと》、英徳《えいとく》の生徒《せいと》に嫌《いや》がらせしていたやつらがどうしたって？」

天馬《てんま》にたずねられ——音《おと》は、ふるえながら、ゆっくりと、近衛《このえ》を指《ゆび》さした。

「この人《ひと》」

「え？」

天馬《てんま》は、意味《いみ》がわからないという顔《かお》で首《くび》をかしげている。

「この人《ひと》だよ！　この、近衛《このえ》って人《ひと》が裏《うら》でやってたの、私見《わたしみ》た！」

音《おと》が叫《さけ》んでも、近衛《このえ》は笑《わら》っているだけだ。

「音《おと》、落《お》ちついて——近衛《このえ》、どういうこと？」

天馬《てんま》に言《い》われ、近衛《このえ》は髪《かみ》をかきあげながらため息《いき》をついた。

「どうやらずいぶん嫌《きら》われてしまったようです。勝手《かって》に制服《せいふく》なんか送《おく》ったからでしょうか。気《き》にさわったみたいで——すみませんでした」

「なに言《い》ってるのよ……だまされないよ？」

音《おと》は必死《ひっし》に言《い》いかえす。

「さっきその制服《せいふく》をかえしに行《い》ったとき、三人《にん》の男《おとこ》たちにお金《かね》わたしてたよね？」

「三人《にん》……ああ、あれは、自宅《じたく》のクリーニングを頼《たの》んだ業者《ぎょうしゃ》ですね」

近衛《このえ》はしらじらしく言《い》う。

「ウソだ！　なに言《い》ってるの！」

天馬《てんま》は、そんな音《おと》を見《み》て、ちょっと悲《かな》しそうに言《い》った。

「制服《せいふく》をかえしに行《い》ったってことは、やっぱり英徳《えいとく》に残《のこ》るのか。桃乃園《もものぞの》に転入《てんにゅう》はしない？」

「天馬《てんま》くん、ねえ、私本当《わたしほんとう》に見《み》たんだよ、本当《ほんとう》にこの人《ひと》がやったんだよ」

言《い》いつのる音《おと》を、天馬《てんま》は片手《かたて》をあげて止《と》める。

「音《おと》、近衛《このえ》はうちの学院《がくいん》の大事《だいじ》な仲間《なかま》だよ。なにかのかんちがいじゃないのかな」

まるで、つめたい水《みず》を浴《あ》びせかけられたようだった。

(天馬《てんま》くんは、人《ひと》にやさしくて、真剣《しんけん》で——曲《ま》がったところがなくて)

「……もう、いいです」

音《おと》はうつむく。

「私《わたし》、桃乃園《もものぞの》には行《い》かないです。母《はは》が反対《はんたい》しているので」

「おばさんが？　それならしかたないな……」

天馬《てんま》は残念《ざんねん》そうに言《い》う。

すると、近衛《このえ》が、まるで勝《か》ち誇《ほこ》ったように音《おと》を見《み》た。

「でも――それだけなんですか？　英徳《えいとく》をはなれたくない理由《りゆう》、ほかにあるんじゃ？」

音《おと》は、とっさに手《て》をふりあげた。近衛《このえ》のきれいな顔《かお》を思《おも》いっきり平手《ひらて》で打《う》った。

「音《おと》！　なにを！」

おどろく天馬《てんま》を見上《みあ》げ、音《おと》は叫《さけ》んだ。

「天馬《てんま》くんは曲《ま》がったとこがないから、ゆがんだ人《ひと》がわからないんだね！」

涙《なみだ》があふれて止《と》まらない。音《おと》はそのまま天馬《てんま》の家《いえ》を飛《と》びだした。

(私《わたし》もゆがんでるんだよ、天馬《てんま》くん――)

本当《ほんとう》は、いつもあなたが正《ただ》しすぎて、まぶしくて息《いき》が苦《くる》しくなるときがある。

(それを――あいつは見《み》ぬいてるんだ――)

第《だい》12花《はな》

宣《せん》戦《せん》布《ふ》告《こく》

「う……痛《いた》い……」

音《おと》は、胃《い》を押《お》さえて、ずるずると歩道《ほどう》のすみに座《すわ》りこんだ。

日《ひ》が暮《く》れた繁華街《はんかがい》。楽《たの》しそうな人《ひと》たちが、目《め》の前《まえ》を歩《ある》きすぎていく。

(なんで、こんなに……私《わたし》は弱《よわ》いんだろ)

涙《なみだ》があとからあとからこぼれて止《と》まらない。

「おい、なにやってんだよこんなとこで」

だれかが声《こえ》をかけてきた。聞《き》きおぼえのある声《こえ》。

「おい。大丈夫《だいじょうぶ》か、江戸川《えどがわ》」

顔《かお》をあげると——晴《ハルト》が立《た》っていた。

「な、なんでここに……！」

「車《くるま》で通《とお》りかかったら、うちの制服《せいふく》の女《おんな》がへたりこんでて——まさかと思《おも》ったらお前《まえ》かよ」

大丈夫か
江戸川《えどがわ》

「なんでもない！　ちょっとつかれて座《すわ》っただけ！」

音《おと》はいきおいよく立《た》ちあがり、晴《ハルト》に背《せ》をむけて歩《ある》きだす。

「おい、待《ま》てよ！　泣《な》いてんだろが」

「泣《な》いてない！」

よりによってこんなところを見《み》られるなんて。涙《なみだ》、止《と》まれ。止《と》まれ。

「あれか？　馳《はせ》とケンカか？」

晴《ハルト》の言葉《ことば》で、またどばっと涙《なみだ》がでてきてしまう。

近衛《このえ》の勝《か》ち誇《ほこ》ったような顔《かお》が。天馬《てんま》の困《こま》っている顔《かお》が。ぐるぐるまわる。

（くやしい。天馬《てんま》くんが私《わたし》よりあいつを信《しん》じた。悲《かな》しくてくやしい――……）

もう歩《ある》けない。音《おと》はその場《ば》で泣《な》きじゃくった。

「おい。くそうらやましいんだが。どうにかしろよ」

晴《ハルト》は、いきなり近《ちか》くの植《う》えこみの縁《ふち》にどかっと腰《こし》をおろすと、音《おと》に文句《もんく》を言《い》う。

「俺《おれ》のすっげえ好《す》きな女《おんな》が、彼氏《かれし》のために泣《な》いてるとか、マジ死《し》ぬほどうらやましいんだが」

「は？　バ、バカじゃないの!?」

「ちっくしょうあのヤロ、スカシ男《おとこ》！　宇宙飛行士《うちゅうひこうし》になって火星《かせい》とか行《い》けよ！」

落《お》ちている空《あ》き缶《かん》に八《や》つあたりして蹴《け》り飛《と》ばす晴《ハルト》にあきれ、音《おと》の涙《なみだ》はひっこんでしまった。

「……帰《かえ》るね」

アホくさ、と心《こころ》のなかでつぶやいて、音《おと》は歩《ある》きだした。

「おい！　送《おく》ってやるよ！」

晴《ハルト》が追《お》いかけてくる。

「いい。歩《ある》いて帰《かえ》る。どうせ一駅《ひとえき》ぐらいだし」

繁華街《はんかがい》をぬけ、人通《ひとどお》りの少《すく》ない道《みち》にでても、晴《ハルト》はまだついてきた。

「もういいから、帰《かえ》んなよ！」

「俺《おれ》もこっちに用《よう》があるんだよ！」

(――きっと、これ、送《おく》ってくれてるつもりなんだろうな……)

話《はな》す言葉《ことば》も見《み》つからなくて、音《おと》は黙《だま》って歩《ある》いた。

晴《ハルト》も、黙《だま》ったまま、となりを歩《ある》いている。

月《つき》が、まんまるだった。

なんだか、また泣《な》きそうな気持《きも》ちになる。

しばらくして――とつぜん、後《うし》ろで車《くるま》が停《と》まる気配《けはい》がした。

「音《おと》！」

ふりかえると、おりてきたのは天馬《てんま》だった。近衛《このえ》もいっしょだ。

「なんで神楽木《かぐらぎ》といるんだ……」

「べつに。偶然《ぐうぜん》だよ。街《まち》で具合悪《ぐあいわる》そうにしてたから、ちょっと送《おく》ってきただけだ」

晴《ハルト》が言《い》うと、近衛《このえ》が首《くび》をかしげた。

「偶然《ぐうぜん》？　待《ま》ち合《あ》わせしてたんじゃないんですか？」

「は？　なんだお前《まえ》？」

晴《ハルト》は近衛《このえ》をにらみつけた。

「神楽木《かぐらぎ》、やめて――天馬《てんま》くん、なにしに来《き》たの」

音《おと》が取《と》りなすと、天馬《てんま》はまだ晴《ハルト》をにらみながら言《い》った。

「さっきの話《はなし》――英徳《えいとく》に嫌《いや》がらせしたのがこの近衛《このえ》だって、俺《おれ》はどうしても信《しん》じられない。だから、音《おと》がなぜそう思《おも》ったのか、もう一度《いちど》聞《き》きにきたんだ」

音《おと》はくちびるをかんだ。もうこれ以上《いじょう》、この話《はなし》をしたってしょうがないのに。

「だから――私《わたし》は見《み》たの。そう言《い》ったでしょう。でもそれが信《しん》じられないなら、もういい」

そう言《い》うと――晴《ハルト》の顔色《かおいろ》が変《か》わった。

「おい。ちょっと待《ま》てよ。お前《まえ》、馳《はせ》にこいつが犯人《はんにん》だって言《い》ったのか？」

音《おと》がうなずくと、晴《ハルト》はおどろいたように天馬《てんま》を見《み》た。

「馳《はせ》——お前《まえ》、なんで信《しん》じてやんねーの？　バカかお前《まえ》は」

天馬《てんま》は一瞬言葉《いっしゅんことば》につまったが、すぐに言《い》いかえす。

「神楽木《かぐらぎ》、お前《まえ》は知《し》らないだろうが、近衛《このえ》はうちの副会長《ふくかいちょう》で、そんなことをするヤツでは——」

「はあ？　いやいやいやいや、ちがうだろが。そんなの一択《いったく》だろーが」

晴《ハルト》は声《こえ》を荒《あら》らげた。

「合《あ》ってよーが、はずれてよーが、好《す》きな女《おんな》の言《い》うこと信《しん》じなくてどうすんだよ。こいつの気持《きも》ち考《かんが》えてやったらわかるだろ？」

それを聞《き》いて——音《おと》の目《め》からは、また涙《なみだ》があふれてきた。

（なんで神楽木《かぐらぎ》が言《い》うの——）

それは、あのとき天馬《てんま》に言《い》ってほしかった言葉《ことば》。

（なんで、私《わたし》を信《しん》じてくれるの……）

晴《ハルト》は、泣《な》いている音《おと》には気《き》づかず、まだ天馬《てんま》に食《く》ってかかっている。

「馳《はせ》、お前《まえ》おかしいだろ。裁判官《さいばんかん》じゃあるまいし。桃乃園《もものその》の生徒会長《せいとかいちょう》なんかやってっから、頭《あたま》こりかたまってんだよ」

「何様《なにさま》のつもりだお前《まえ》！」

叫《さけ》んだのは近衛《このえ》だった。

「英徳《えいとく》のリーダーがだらしないから、あんな事件《じけん》が起《お》きるんだろう。お前《まえ》のせいじゃないか」

「近衛《このえ》、やめろ」

天馬《てんま》は、まだなにか言《い》いたそうな近衛《このえ》を止《と》めると、音《おと》にむきなおった。

「音《おと》。ごめん。信《しん》じてないわけじゃない。音《おと》が言《い》うならそのまま受《う》けとりたい。でも、それは同《どう》時《じ》に、近衛《このえ》がウソをついているということになる――」

「だから――ついてんじゃやね？」

晴《ハルト》が近衛《このえ》を指《ゆび》さしながら言《い》う。

「こいつ、一目見《ひとめみ》ただけでうさんくせぇ。お前近《まえちか》くにいすぎてわかんないんじゃないの？　この白《しろ》ヘビ野郎《やろう》のことが」

「お前《まえ》、仲間《なかま》を侮辱《ぶじょく》する気《き》か」

天馬《てんま》の目《め》つきが変《か》わった。晴《ハルト》もにらみかえす。

「だったらどうだっていうんだよ？　あ？」

今《いま》にもつかみあいになりそうなふたりに、音《おと》は割《わ》って入《はい》った。

「やめてよ！　もうみんな帰《かえ》って！　早《はや》く帰《かえ》ってください！」

こんなの、近衛《このえ》の思《おも》うつぼじゃないの。

案《あん》の定《じょう》、近衛《このえ》は、天馬《てんま》には見《み》えないように薄《うす》く笑《わら》っていた。

「帰《かえ》りましょう、馳《はせ》さん」

近衛《このえ》にうながされ、天馬《てんま》はしかたなさそうに車《くるま》にもどっていく。

音《おと》は、ふたりが車《くるま》にのりこむのを見届《みとど》けてから、また歩《ある》きだした。

「おい。そっちお前《まえ》の家《いえ》じゃないだろ。どこへ行《い》くんだよ」

晴《ハルト》が慌《あわ》てて追《お》いかけてくる。

「そこの公園《こうえん》で顔洗《かおあら》うの。こんなドロドロの顔《かお》、親《おや》に見《み》せられないから」

公園《こうえん》は、いつだったか、バイトの先輩《せんぱい》にからまれているところを、晴《ハルト》に助《たす》けてもらったところだった。

街灯《がいとう》がまばらな遊歩道《ゆうほどう》のすみにある水飲《みずの》み場《ば》で、音《おと》は顔《かお》を洗《あら》う。

「……ねぇ、なんでわかったの、近衛《このえ》のこと――うさんくさいって」

「なんとなく。あいつ、馳《はせ》のことスゲー好《す》きだろ。馳《はせ》のためならなんでもやるだろ」

音《おと》は、また泣《な》きそうになるのをこらえ、ハンカチで濡《ぬ》れた顔《かお》をふく。

「お前《まえ》は、見《み》たんだろ？」

「見《み》た——私《わたし》をおそった三人《にん》に、あの人《ひと》がお金《かね》をわたすのを」

「そこまで言《い》ったのに馳《はせ》は信《しん》じねーのか。クソだな」

「クソとか言《い》わないで。天馬《てんま》くんが悪《わる》いわけじゃないよ——天馬《てんま》くんは公平《こうへい》で、いつも正《ただ》しい人《ひと》だから」

晴《ハルト》はため息《いき》をついた。

「江戸川《えどがわ》。お前大丈夫《まえだいじょうぶ》なのか。あんな白《しろ》ヘビ野郎《やろう》がいる桃乃園《もものその》に転入《てんにゅう》して」

そうだった。音《おと》はちょっと目《め》をそらす。まだそのことを、晴《ハルト》に言《い》っていなかった……。

「……あの、実《じつ》は……あの話《はなし》なくなったの」

「は？」

「私《わたし》の親《おや》が、英徳《えいとく》に通《かよ》わせるのが夢《ゆめ》だったとかで……ぜったいにだめって言《い》われて……」

晴《ハルト》の目《め》が点《てん》になっている。

「マジで？　なんで早《はや》く言《い》わねーのそういうことを」

「あんたにタンカきった手前《てまえ》、なかなか言《い》えなくて……あと、これはうちの問題《もんだい》で、英徳《えいとく》のためとかあんたのためとかじゃないし」

音《おと》の言《い》い訳《わけ》を、晴《ハルト》はぜんぜん聞《き》いていない。

「やっべ！　めっちゃうれしいんだが。死《し》ぬかも」

「バッ、バカ！　なに言《い》ってんのよおおげさな！」

顔《かお》、真《ま》っ赤《か》にして。そんなこと、真顔《まがお》で言《い》わないで。

じゃあね、と背《せ》をむけて歩《ある》きだす。

けれど、数歩《すうほ》もいかないところで――後《うし》ろから、いきなり抱《だ》きしめられた。

「ちょっと、なに、かぐらぎ……」

「一分《いっぷん》だけ」

ぎゅっと、腕《うで》がまわされて。耳《みみ》もとで声《こえ》がする。

「俺《おれ》――やめらんねぇから。お前《まえ》のことを好《す》きなことを」

やめたくねぇ、と、晴《ハルト》はささやく。

どうしよう。ふりはらえない。

どうしよう。

けれども――その、一分《いっぷん》すらも、運命《うんめい》は待《ま》ってくれなかった。

「……天馬《てんま》くん」

目《め》の前《まえ》に、帰《かえ》ったはずの天馬《てんま》が立《た》っていた。

「神楽木《かぐらぎ》、はなれろ」

低《ひく》い声《こえ》で、天馬《てんま》が言《い》う。音《おと》は、慌《あわ》てて晴《ハルト》から飛《と》びはなれた。

「な、なんでもないの。この人《ひと》、ふざけて――」

「一ミリもふざけてねーし」

ごまかそうとする音《おと》をさえぎり、晴《ハルト》は天馬《てんま》の前《まえ》にでた。

「なんか、気持《きも》ち、おさえられなくなった。わりーな馳《はせ》。でも江戸川《えどがわ》は関係《かんけい》ねーから。俺《おれ》が勝手《かって》に先走《さきばし》っただけだ」

「……お前《まえ》、最低《さいてい》だな。音《おと》の気持《きも》ちは無視《むし》か」

天馬《てんま》の低《ひく》い声《こえ》。だが、晴《ハルト》も負《ま》けていない。

「最初《さいしょ》はあきらめようと思《おも》った。でもだめだった。俺《おれ》が終《お》わらせたとき、終《お》わりにしようって決《き》めた」

「バカバカしい。一方的《いっぽうてき》すぎて話《はなし》にならない」

天馬《てんま》はそうはき捨《す》てると、音《おと》の手《て》をひいて、大股《おおまた》に歩《ある》きだす。

…天馬《てんま》くん

晴《ハルト》は追《お》ってこなかった。

きつく握《にぎ》りしめる天馬《てんま》の手《て》。速《はや》すぎる歩《ある》き方《かた》。

「天馬《てんま》くん、待《ま》って！　待《ま》って！　手《て》が痛《いた》い！」

思《おも》わず叫《さけ》ぶと、やっと天馬《てんま》は足《あし》を止《と》めてふりかえった。

「音《おと》──ごめん。俺《おれ》は帰《かえ》るべきじゃなかった。ずっと音《おと》のそばにいるべきだった。そう思《おも》ったからもどってきたのに──神楽木《かぐらぎ》にあんなことされて」

「…………」

「音《おと》。俺《おれ》が今《いま》、どういう気持《きも》ちだかわかる？」

その顔《かお》は、見《み》たこともないぐらいこわばっている。

「今《いま》、猛烈《もうれつ》に腹《はら》が立《た》って、怒《いか》りがこみあげてる」

音《おと》は、息《いき》をのんだ。つめたい目《め》。つめたい口調《くちょう》。

「わかりにくいだろ？　子《こ》どものころから、馳家《はせけ》の人間《にんげん》は、常《つね》に人《ひと》の上《うえ》に立《た》つ者《もの》だとたたきこまれてきた。大《おお》きな感情《かんじょう》を人《ひと》に悟《さと》られるな、いつも冷静《れいせい》でいろと」

でも、もうそれも無理《むり》だ、と、天馬《てんま》は言《い》った。

「ぜったいに神楽木《かぐらぎ》を許《ゆる》さない」

次《つぎ》の日《ひ》の夜《よる》おそく。

「坊《ぼっ》ちゃま、お客《きゃく》さまがおいでです。初《はじ》めてお見《み》えになる男《おとこ》の方《かた》で――」

執事《しつじ》の小林《こばやし》が、晴《ハルト》を呼《よ》びにきた。

「わかった」

だれが来《き》たのかわかっていた。晴《ハルト》は部屋《へや》をでて、広《ひろ》い庭《にわ》をひとりで歩《ある》き、門《もん》へとむかう。

空《そら》には星《ほし》が見《み》えているのに、どこから流《なが》れてくるのだろう、雪《ゆき》が舞《ま》っている。

今日《きょう》、学校《がっこう》で、音《おと》が顔色《かおいろ》を変《か》えて晴《ハルト》に忠告《ちゅうこく》してきた。

天馬《てんま》がものすごくおこっていて――許《ゆる》さないと言《い》っていると。

『人《ひと》に対《たい》してあんな風《ふう》にいう天馬《てんま》くんを、今《いま》まで見《み》たことなかった』

音《おと》はそう言《い》って青《あお》ざめていた。

『もしもなにか言《い》われても、やりすごして。神楽木《かぐらぎ》と天馬《てんま》くんが争《あらそ》うことに意味《いみ》なんてないよ』

（いいや、江戸川《えどがわ》。争《あらそ》う理由《りゆう》はいくらでもある）

『もし戦《たたか》っても、あんたはぜったいに勝《か》てないよ。あんたは知《し》らないだろうけど、天馬《てんま》くんは――』

(たとえ、勝《か》つ可能性《かのうせい》が0%《パーセント》だったとしても――俺《おれ》は)


門《もん》のところに立《た》っている天馬《てんま》に、晴《ハルト》は歩《あゆ》み寄《よ》る。

あいかわらず静《しず》かで、ケチのつけようのない整《ととの》った顔《かお》。

「神楽木《かぐらぎ》。俺《おれ》と勝負《しょうぶ》しないか。お前《まえ》を立《た》ちあがれないほどぶちのめしたい」

そのきれいな顔《かお》で、天馬《てんま》は薄《うす》く笑《わら》いながら言《い》った。

晴《ハルト》は答《こた》える。

「望《のぞ》むところだよ」


『天馬《てんま》くんは、武道総合《ぶどうそうごう》ジュニアチャンピオンなんだよ』


それがわかっても、それでも。

「で？　なにやるんだよ。今《いま》ここで殴《なぐ》りあって殺《ころ》しあうとか言《い》わねーよな」

「お前《まえ》が死《し》にたいならそれでもいいが――二週間後《しゅうかんご》にある京都《きょうと》・延英寺《えんえいじ》の武道大会《ぶどうたいかい》にふたりでエ

ントリーしよう」

天馬《てんま》は余裕《よゆう》を見《み》せてほほえんだ。

「俺《おれ》が勝《か》ったら、お前《まえ》に終《お》わってもらう」

晴《ハルト》は息《いき》をのんだ。つまり、強制的《きょうせいてき》に音《おと》をあきらめさせるという意味《いみ》か。

(この野郎《やろう》──あとから条件《じょうけん》つけてきやがった)

でも──今断《いまことわ》ったら、口《くち》だけの腰《こし》ぬけになってしまう。

「お前《まえ》、なかなかの性格《せいかく》してんな。聖人君子《せいじんくんし》ぶってうさん臭《くせ》ぇやつと思《おも》ってたが、よーやくかくれていたギラついたお前《まえ》が見《み》られたぜ」

晴《ハルト》に言《い》われても、天馬《てんま》はなにも言《い》いかえさない。そのまま背《せ》をむけて帰《かえ》ろうとする。

「おい、一方的《いっぽうてき》なのはごめんだからな！　俺《おれ》が勝《か》ったら──」

「勝《か》てないよ、お前《まえ》は」

天馬《てんま》は足《あし》を止《と》めて、きっぱりと言《い》った。

「この勝負《しょうぶ》は、お前《まえ》からすべてをうばうために行《おこな》われる──お前《まえ》が望《のぞ》むものはぜんぶ、この淡《あわ》い雪《ゆき》みたいに消《き》える。楽《たの》しみにしているよ」

天馬《てんま》は、ちらちらと舞《ま》いおちる雪《ゆき》を手《て》のひらに受《う》けながら、そう言《い》った。

第《だい》13花《はな》 どっちの味方《みかた》

「こんばんは」

コンビニでいつものようにバイトをしていた音《おと》が顔《かお》をあげると、そこに立《た》っていたのは近衛《このえ》だった。

「な、なにしに来《き》たのよ！」

「なにしにって、お客《きゃく》ですよ。こんな店《みせ》で買《か》う物《もの》なんてないですけど」

近衛《このえ》は、楽《たの》しそうに笑《わら》っている。

「馳《はせ》さんが登校《とうこう》されないので、ご病気《びょうき》かと調《しら》べてみたところ、延英寺《えんえいじ》の〈益荒男祭《ますらおさい》〉に出場《しゅつじょう》されるらしいんですよ」

「……ますらお？」

「千年《せんねん》の歴史《れきし》がある有名《ゆうめい》な祭《まつ》りで、柔道《じゅうどう》・弓道《きゅうどう》・剣道《けんどう》で競《きそ》いあい、最《もっと》も強《つよ》い男《おとこ》を決《き》めるというものです。延英寺《えんえいじ》に問《と》いあわせて聞《き》いてみました。相手《あいて》はだれだと思《おも》いますか？」

音《おと》は、息《いき》をのむ。まさか。まさか。

「神楽木《かぐらぎ》晴《ハルト》がエントリーされていました。まさに私《わたし》が望《のぞ》んだ展開《てんかい》です」

近衛《このえ》は興奮《こうふん》したように笑《わら》う。

「こっそり戦《たたか》うつもりかもしれませんが、そうはいきませんよ。おたがいの学校《がっこう》の全校生徒《ぜんこうせいと》に、神楽木《かぐらぎ》と英徳《えいとく》のぶざまな姿《すがた》を見《み》てもらいましょうよ。これから両学校《りょうがっこう》のサイトとマスコミに発表《はっぴょう》します」

そう言《い》って、近衛《このえ》は店《みせ》をでていった。音《おと》は慌《あわ》てて追《お》いかける。

「待《ま》って！　やめて！　お願《ねが》いします近衛《このえ》さん！」

もうなりふりかまっていられなかった。音《おと》は、つめたい歩道《ほどう》に座《すわ》りこみ、近衛《このえ》にむかって両手《りょうて》をつき、頭《あたま》をさげた。

「お願《ねが》い、やめて……やめて……」

「なにしてるんですか。土下座《どげざ》とか意味《いみ》ないですよ」

近衛《このえ》はふりかえり、冷《ひ》ややかに言《い》う。

「あなたはそんなにまでして神楽木《かぐらぎ》を守《まも》りたいんですか？」

思《おも》わず顔《かお》をあげた音《おと》を見《み》おろしながら、近衛《このえ》はつづけた。

「人《ひと》を使《つか》って英徳狩《えいとくが》りや、校門《こうもん》にペイントをしかけたころは、軽《かる》くダメージを受《う》ければと思《おも》ってました。でも、あなたを知《し》って、もっと許《ゆる》せなくなった——馳《はせ》さん側《がわ》の人間《にんげん》でありながら、ほかの男《おとこ》に心《こころ》をうばわれている」

近衛《このえ》の目《め》に、涙《なみだ》が浮《う》かんでいた。

「馳《はせ》さんは、あなたのことが本当《ほんとう》に好《す》きなのに！」

その真剣《しんけん》な顔《かお》に、音《おと》はそれ以上《いじょう》なにも言《い》えなかった。

近衛《このえ》は背《せ》をむけて歩《ある》きさっていった。


そして、翌日《よくじつ》。英徳学園《えいとくがくえん》は大《おお》さわぎになっていた。

【英徳学園《えいとくがくえん》Ｖｓ《バーサス》桃乃園学院《もものそのがくいん》、トップ対決《たいけつ》！】

近衛《このえ》が宣言《せんげん》した通《とお》り、ネットニュースにもそんな見出《みだ》しの記事《きじ》がおどっている。

生徒《せいと》たちは、好《す》き勝手《かって》なうわさ話《ばなし》に花《はな》を咲《さ》かせてもりあがっていたが、もちろん〈コレクト5《ファイブ》〉は困《こま》り果《は》てていた。

「絶体絶命《ぜったいぜつめい》じゃね？　どうするよ、これ」

いつものサロンで、成宮一茶《なるみやいっさ》が頭《あたま》をかかえる。

「どうするもなにも……晴《ハルト》に勝《か》ち目《め》があるわけがないだろう。相手《あいて》は馳天馬《はせてんま》だぞ。全国武道大会《ぜんこくぶどうたいかい》五種競技《ごしゅきょうぎ》での優勝経験《ゆうしょうけいけん》もある、武道《ぶどう》の世界《せかい》ではエリート中《ちゅう》のエリートじゃないか」

海斗《かいと》もソファの背《せ》もたれにたおれかかって、ため息《いき》をついた。

「どうやら晴《ハルト》は、杉丸《すぎまる》といっしょにもう京都《きょうと》に行《い》ったらしい。杉丸《すぎまる》は、柔道《じゅうどう》と剣道《けんどう》はかなりの腕《うで》だからな。あいつの師範《しはん》やコーチをかきあつめて集中特訓《しゅうちゅうとっくん》しているようだが、あと十日《とおか》しかないんだ。どうにもならんだろう」

「いいこと考《かんが》えたよ！　馳《はせ》に一服《いっぷく》もればいいよ！　愛莉《あいり》が刺客《しかく》さがすから！」

むちゃくちゃなことを言《い》いながら、愛莉《あいり》は泣《な》いていた。

「愛莉《あいり》は――英徳《えいとく》のことなんかどうでもいい。でも晴《ハルト》がひどい目《め》にあうのはぜったいにイヤ」

彼《かれ》らのそんなやりとりを、音《おと》は、サロンの入《い》り口《ぐち》に立《た》って、黙《だま》って聞《き》いていた。

「そんなところにつったってないで、こっち来《き》て座《すわ》れば。江戸川《えどがわ》」

一茶《いっさ》が声《こえ》をかける。でも、とても、はいそうですかと座《すわ》る気《き》にはならない。

「江戸川《えどがわ》は、どっちの味方《みかた》？」

海斗《かいと》にたずねられても、返事《へんじ》もできない。

「ちょっと、ふたりとも、音《おと》を責《せ》めないでよ！」

愛莉《あいり》がおこりだす。一茶《いっさ》は肩《かた》をすくめた。

「責《せ》めてねーし。ただ、こうなった原因《げんいん》はこの人《ひと》でしょ？」

「男《おとこ》ふたりが勝手《かって》にやったことで、音《おと》は――」

「いいの、愛莉《あいり》。ホントのことだから」

音《おと》は、〈コレクト5《ファイブ》〉の男子《だんし》たちに頭《あたま》をさげた。

「成宮《なるみや》さんの言《い》うとおりです。元々《もともと》は私《わたし》だと思《おも》います。すみません」

天馬《てんま》のことも、近衛《このえ》のことも止《と》めることができなかった。

（どうしたらいい？　私《わたし》にできることは――）

「ねえ、音《おと》。馳《はせ》の応援《おうえん》しないで。音《おと》が応援《おうえん》してくれたら、きっと晴《ハルト》がんばるから」

愛莉《あいり》が必死《ひっし》に言《い》う。音《おと》は、それにうなずくこともできない。

（天馬《てんま》くんが武道《ぶどう》を始《はじ》めた理由《りゆう》を――私《わたし》は知《し》っていると思《おも》う……）

まだ子《こ》どもだったころ、街《まち》で不良《ふりょう》にからまれたことがあった。

見《み》るからに裕福《ゆうふく》な家《いえ》の子《こ》どもだったから、ターゲットにされたんだと思《おも》う。

（あのとき、天馬《てんま》くんは私《わたし》をかばって、ひとりでたくさん殴《なぐ》られて、お金《かね》も取《と》られて）

あの日《ひ》から、天馬《てんま》は変《か》わった。

どんなに怪我《けが》をしても、体《からだ》がつらくても、武道《ぶどう》に打《う》ちこむようになった。

（今《いま》ならわかる――天馬《てんま》くんは、私《わたし》のために、強《つよ》くなろうとしていたんだ）

私《わたし》の心《こころ》が、本当《ほんとう》にしたいことは……なんなんだろう。


そのころ。晴《ハルト》は京都《きょうと》の、ある弓道場《きゅうどうじょう》で、弓《ゆみ》の特訓《とっくん》を受《う》けていた。

「ためて。そう。姿勢《しせい》を保《たも》って、アゴひいて」

師範代《しはんだい》の言葉《ことば》に従《したが》って弓《ゆみ》をひきしぼり――はなった矢《や》は、しかし的《まと》の手前《てまえ》にへらりと落《お》ちた。

「……ま、また……」

晴《ハルト》は呆然《ぼうぜん》とする。的《まと》にあたらないどころか、数回《すうかい》に一回《いっかい》しか届《とど》かない。

これでは話《はなし》にならない。益荒男祭《ますらおさい》の弓道《きゅうどう》のルールは四本勝負《ほんしょうぶ》。二本《ほん》は確実《かくじつ》にあてないと勝《か》ち目《め》なんかゼロだ。

晴《ハルト》は、柔道《じゅうどう》も剣道《けんどう》も、そして弓道《きゅうどう》も、子《こ》どものころに少《すこ》しだけ習《なら》ったことがあった。でも、練《れん》習《しゅう》がきつくてすぐにやめてしまった。未経験《みけいけん》ではないけれど、身《み》についているわけでもない。

(ちくしょう……どれか一個《いっこ》でも、まともにやってりゃあな……)

杉丸《すぎまる》のツテで、毎日柔道《まいにちじゅうどう》も猛特訓《もうとっくん》を受《う》けているが、こっちも正直厳《しょうじききび》しすぎる。

(でも──やるしかねぇ)

晴《ハルト》が次《つぎ》の矢《や》をかまえようとしたとき。若《わか》い男《おとこ》が射場《いば》に入《はい》ってきた。

「あ、ちょっと失礼《しつれい》」

晴《ハルト》を教《おし》えていた師範代《しはんだい》が、いそいそとそっちをむかえに行《い》く。それだけではなく、道場《どうじょう》にいたほかの人々《ひとびと》も、わっとそちらへ群《むら》がった。

「……！　あ、あれは!!」

人々《ひとびと》にかこまれて笑《わら》っている背《せ》の高《たか》いイケメン──あれはまちがいなく。

「西門総二郎《にしかどそうじろう》さんだーっ!!」

茶道西門流《さどうにしかどりゅう》の第《だい》十六代家元《だいいえもと》。そして、英徳学園伝説《えいとくがくえんでんせつ》の〈Ｆ４《エフフォー》〉のひとり。

総二郎《そうじろう》は、ちやほやする人々《ひとびと》を笑顔《えがお》でかわすと、まっすぐ晴《ハルト》のとなりにやってきた。着物《きもの》の片《かた》肌《はだ》を脱《ぬ》ぐと、静《しず》かに的《まと》にむかい、弓《ゆみ》をひきしぼる。

総二郎《そうじろう》のはなった矢《や》は、見事《みごと》に的《まと》の中心《ちゅうしん》につきたった。

（す、すげえ……茶道《さどう》の家元《いえもと》ってだけじゃなく、弓道《きゅうどう》も完璧《かんぺき》なんて……）

思《おも》わず、ふらふらっと彼《かれ》に歩《あゆ》み寄《よ》る。

「す、すみませんっ、西門《にしかど》さん！」

「なに？」

ふりむいた総二郎《そうじろう》に、後《うし》ろから師範代《しはんだい》が歩《あゆ》み寄《よ》ってきた。

「この神楽木《かぐらぎ》くんは、西門《にしかど》さんと同《おな》じ英徳学園《えいとくがくえん》の生徒《せいと》さんですよ。今度《こんど》益荒男祭《ますらおさい》にでるので特訓《とっくん》してるんです」

「えっ、益荒男祭《ますらおさい》!?」

総二郎《そうじろう》はおどろいて、晴《ハルト》をまじまじと見《み》た。

「だってきみ、まるで素人《しろうと》でしょ？　さっき見《み》てたけど、ぜんぜん的《まと》に届《とど》いてないじゃない」

師範代《しはんだい》が、笑《わら》いながら説明《せつめい》する。

「なにか事情《じじょう》があるらしくて。相手《あいて》が桃乃園学院《もものそのがくいん》の馳《はせ》くんなんですよ。それで、両学校《りょうがっこう》の対決《たいけつ》として、世間《せけん》も大《おお》さわぎしているんですが、ご存《ぞん》じないですか」

「俺《おれ》、ぜったいに負《ま》けられないんです！」

晴《ハルト》は思《おも》わず叫《さけ》んでいた。

「英徳《えいとく》の生徒《せいと》として〈F4《エフフォー》〉がいたころの英徳《えいとく》の黄金時代《おうごんじだい》を必《かなら》ず取《と》りもどします！」

「なにそれ、くっだらね」

総二郎《そうじろう》は、前髪《まえがみ》をかきあげながら笑《わら》った。

「たったひとりで、学校《がっこう》の威信《いしん》をかけて戦《たたか》うわけ？　そんなのに、なんの意味《いみ》があるんだよ、バカバカしい」

晴《ハルト》は、う、と、つまった。総二郎《そうじろう》は、問《と》いかけるような目《め》で晴《ハルト》を見《み》つめている。

「……本当《ほんとう》は……好《す》きな女《おんな》がいて……そいつのために、負《ま》けたくないんです」

しぼりだすようにそう言《い》うと、総二郎《そうじろう》はニヤリと笑《わら》った。

「英徳《えいとく》のためならさっさとやめて逃《に》げろって言《い》うところだけど、そういうことなら話《はなし》は別《べつ》」

「えっ……」

「特訓《とっくん》、つきあってやるよ」

総二郎《そうじろう》はそう言《い》って、自分《じぶん》の弓《ゆみ》を軽《かる》く掲《かか》げた。

「ええっ！」

信《しん》じられず、晴《ハルト》が呆然《ぼうぜん》としていると、総二郎《そうじろう》はおもしろそうにたずねる。

「で？　その女《おんな》の子《こ》ってどこの令嬢《れいじょう》？　超絶《ちょうぜつ》かわいいとか？」

晴《ハルト》は赤《あか》くなりながら顔《かお》を背《そむ》け、ぼそぼそという。

「令嬢《れいじょう》じゃないっす……アパートに住《す》んでるド庶民《しょみん》で、めっちゃかわいいわけでもないいんですが、俺《おれ》、そいつじゃないとだめなんす」

「マジかー。俺《おれ》もそういうヤツ知《し》ってるわ」

なぜか総二郎《そうじろう》は、それを聞《き》いてものすごくおもしろそうに笑《わら》った。

第《だい》14花《はな》　益荒男祭《ますらおさい》

そして――いよいよ、益荒男祭《ますらおさい》の当日《とうじつ》がやってきた。

延英寺《えんえいじ》の武道場《ぶどうじょう》は、英徳《えいとく》と桃乃園《もものその》の生徒《せいと》たちで超満員《ちょうまんいん》だ。

なんと、テレビ中継《ちゅうけい》まで入《はい》っている。

音《おと》は、愛莉《あいり》、海斗《かいと》、一茶《いっさ》とならんで、観客席《かんきゃくせき》に座《すわ》っていた。

最初《さいしょ》は柔道《じゅうどう》。赤《あか》いラインのひかれた畳《たたみ》の上《うえ》で、開会《かいかい》の儀式《ぎしき》が終《お》わると、やがて、柔道着《じゅうどうぎ》を着《き》た晴《ハルト》と天馬《てんま》が入《はい》ってきた。

客席《きゃくせき》からは大歓声《だいかんせい》があがる。

「晴《ハルト》！　がんばれ！」

「ぶったおしちゃえ、そんなやつ！」

海斗《かいと》や愛莉《あいり》も大声《おおごえ》で声援《せいえん》を送《おく》っている。

音《おと》は――ただ呆然《ぼうぜん》と、むかいあうふたりの男《おとこ》を見《み》おろしていた。

神楽木《かぐらぎ》晴《ハルト》
対
馳《はせ》天馬《てんま》
闘いの幕が開こうとしてます

（なんで？　なんでふたりがこんなことになったの？）

自分《じぶん》はどうすればよかったの？

どっちを応援《おうえん》すればいいの？

「始《はじ》めっ！」

審判《しんぱん》の声《こえ》と同時《どうじ》に、晴《ハルト》は姿勢《しせい》を低《ひく》くして、天馬《てんま》の腰《こし》めがけてつっこんだ。

組《く》みあってしまったら、素人同然《しろうとどうぜん》の晴《ハルト》はぜったいに負《ま》ける。だから、いきなり突進《とっしん》して、ラグビーのタックルのように押《お》したおす作戦《さくせん》なのだろう。

けれど、そんなものは天馬《てんま》にはお見通《みとお》しだった。

あっという間《ま》に体《からだ》をかわされ、次《つぎ》の瞬間《しゅんかん》にはもう、道着《どうぎ》のえり首《くび》をつかまれていた。

「晴《ハルト》！　組《く》むな！　持《も》ちこたえろ！」

選手席《せんしゅせき》で見守《みまも》っていた杉丸《すぎまる》が叫《さけ》んだが、それと同時《どうじ》に、晴《ハルト》の体《からだ》は宙《ちゅう》に浮《う》いていた。

「!!」

一瞬《いっしゅん》だった。豪快《ごうかい》な背負《せお》い投《な》げ。

晴《ハルト》の体《からだ》は、畳《たたみ》にたたきつけられる。

「一本《いっぽん》！　それまで！」

勝者《しょうしゃ》、馳天馬《はせてんま》、と審判《しんぱん》が叫《さけ》ぶ。桃乃園側《もものそのがわ》の応援席《おうえんせき》から大歓声《だいかんせい》があがる。

「秒殺《びょうさつ》だ！」

「さすが馳《はせ》さん!!」

競技《きょうぎ》の終了《しゅうりょう》を告《つ》げる和太鼓《わだいこ》が打《う》ちならされ、案内《あんない》のアナウンスが入《はい》る。

「第二種《だいにしゅ》は弓道《きゅうどう》です。応援《おうえん》されるみなさまは弓道場《きゅうどうじょう》に移動《いどう》してください」

ざわざわと両校《りょうこう》の生徒《せいと》たちが柔道場《じゅうどうじょう》からでていく。

「音《おと》。私《わたし》たちも行《い》こうよ」

愛莉《あいり》にうながされたが、音《おと》はその前《まえ》に立《た》ちあがっていた。

「音《おと》！　どうしたの、どこへ行《い》くの！」

走《はし》りだした音《おと》を愛莉《あいり》が呼《よ》んでいる。でも、もうふりむかない。

（やめさせる——こんな闘《たたか》い！　私《わたし》はどっちの応援《おうえん》もしない！）

とにかく、天馬《てんま》にもう一度《いちど》会《あ》って、説得《せっとく》する。

音《おと》は、競技者通路《きょうぎしゃつうろ》のほうへ走《はし》りこんだ。

（でも——どうやって説得《せっとく》しよう……近衛《このえ》がやったっていう証拠《しょうこ》になるものがなければ、やっぱり天馬《てんま》くんは——）

そのとき。音《おと》の制服《せいふく》のポケットで、スマホがふるえた。

「……紺野《こんの》さんから？」

取《と》りだしてみると、バイト仲間《なかま》の紺野《こんの》からのＬＩＮＥ《ライン》だった。

見《み》ると、着信履歴《ちゃくしんりれき》に紺野《こんの》から何度《なんど》も何度《なんど》も電話《でんわ》やＬＩＮＥ《ライン》があった。音《おと》はおどろいてＬＩＮＥ《ライン》のトーク画面《がめん》を開《ひら》く。

【音《おと》っち大丈夫《だいじょうぶ》？　あの日《ひ》からバイト休《やす》んでるから心配《しんぱい》してるよ。なんかトラブってたみたいだけど、証拠《しょうこ》になりそうな動画撮影《どうがさつえい》したから送《おく》るね！　なにかあったら警察《けいさつ》にちゃんと相談《そうだん》して！連絡待《れんらくま》ってます】

同時《どうじ》に送《おく》られてきていた動画《どうが》は。

「これ――あのときの！」

コンビニの前《まえ》で、音《おと》が近衛《このえ》に土下座《どげざ》している様子《ようす》だった。

「紺野《こんの》さん、撮《と》ってたんだ……」

紺野《こんの》はあの日《ひ》、いっしょのシフトに入《はい》っていた。近衛《このえ》を追《お》いかけていった音《おと》を心配《しんぱい》して、店《みせ》の前《まえ》にでてきたらしい。

動画《どうが》には、近衛《このえ》と音《おと》のやりとりがほとんど最初《さいしょ》から入《はい》っていた。

「音声《おんせい》も入《はい》ってる――」

音《おと》はスマホのボリュームをあげた。

【あなたはそんなにしてまで神楽木《かぐらぎ》を守《まも》りたいんですか？】

近衛《このえ》のつめたい声《こえ》がひびく。

【人《ひと》を使《つか》って英徳狩《えいとくが》りや、校門《こうもん》にペイントをしかけたころは、軽《かる》くダメージを受《う》ければと思《おも》ってました】

そのとき――音《おと》の後《うし》ろに、だれかが近《ちか》づいてきた。

【でも、あなたを知《し》って、もっと許《ゆる》せなくなった――馳《はせ》さん側《がわ》の人間《にんげん》でありながら、ほかの男《おとこ》に心《こころ》をうばわれている】

慌《あわ》ててスマホをかくそうとした音《おと》は、ふりかえって目《め》を見張《みは》った。

そこに立《た》っていたのは――天馬《てんま》だった。

「天馬《てんま》……くん」

天馬《てんま》は、真《ま》っ青《さお》になっている。ぜんぶ、聞《き》こえたのだろう。

「本当《ほんとう》……だったのか」

音《おと》は――なにも言《い》えなかった。

弓道場《きゅうどうじょう》で晴《ハルト》は、イライラしながら天馬《てんま》を待《ま》っていた。

もう開始時間《かいしじかん》を過《す》ぎている。観客席《かんきゃくせき》も気《き》づいて、ザワザワしはじめたとき、やっと天馬《てんま》が射場《いば》に入《はい》ってきた。

「……申《もう》し訳《わけ》ありません」

真《ま》っ青《さお》な顔《かお》で、晴《ハルト》のとなりに立《た》つ。

(どーした、こいつ?)

あきらかに天馬《てんま》の様子《ようす》がおかしいが、気《き》にしている場合《ばあい》ではない。

「第二種《だいにしゅ》、弓道《きゅうどう》。開始《かいし》。お静《しず》かに願《ねが》います」

アナウンスが入《はい》り、先攻《せんこう》の天馬《てんま》が矢《や》をつがえた。

(えっ!?)

天馬《てんま》の手《て》からはなたれた矢《や》は、的《まと》をはずれ、右手《みぎて》の土壁《つちかべ》につきたった。

観客席《かんきゃくせき》がどよめく。

晴《ハルト》の心《こころ》に希望《きぼう》が生《う》まれた。息《いき》をすいこみ、総二郎《そうじろう》との特訓《とっくん》を思《おも》いだす。

『いいか。心《こころ》を真《ま》っ白《しろ》に。呼吸《こきゅう》を整《ととの》えろ。イメージは湖《みずうみ》。波立《なみだ》たない水面《すいめん》だ』

集中《しゅうちゅう》し、晴《ハルト》は矢《や》をはなった。

あたった！　的《まと》のはしだが、あたりはあたりだ。

次《つぎ》は天馬《てんま》だ。青《あお》ざめた顔《かお》で矢《や》をつがえる。

またはずれた！　さっきよりは近《ちか》いが、的《まと》の右下《みぎした》につき刺《さ》さる。

「どーしちゃったの馳《はせ》さん！　弓道《きゅうどう》は一番得意《いちばんとくい》なはずなのに！」

桃乃園側《ものぞのがわ》の観客席《かんきゃくせき》から悲鳴《ひめい》があがる。

(馳《はせ》——なにかあったのか)

弓道《きゅうどう》ほど、心《こころ》の乱《みだ》れが影響《えいきょう》する武道《ぶどう》はない。今《いま》、天馬《てんま》はあきらかに、平常心《へいじょうしん》を失《うしな》っている。

「晴《ハルト》、ワンチャンあるぞ！　あと一本確実《いっぽんかくじつ》にあてろ！」

海斗《かいと》の声《こえ》がした。

晴《ハルト》は、波立《なみだ》つ胸《むね》をおさえ——再《ふたた》び矢《や》をつがえた。

結果《けっか》——晴《ハルト》は、次《つぎ》の矢《や》こそはずしたものの、三本目《ぼんめ》をあてた。

天馬《てんま》は、三本《ぼん》すべてをはずし――四本目《ほんめ》を待《ま》たずして、晴《ハルト》の勝《か》ちが決《き》まった。


晴《ハルト》は、弓道場《きゅうどうじょう》からでていく天馬《てんま》を追《お》いかけた。

「馳《はせ》！　ちょっと待《ま》て！」

「ふざけんなよお前《まえ》！　手《て》ぇぬいてんのか！　そんなんされてもうれしかねーぞ！」

次《つぎ》の会場《かいじょう》である剣道場《けんどうじょう》へつづく雑木林《ぞうきばやし》の遊歩道《ゆうほどう》で、晴《ハルト》は天馬《てんま》を問《と》いつめる。

「お前《まえ》……顔《かお》が真《ま》っ青《さお》だぞ！　腹《はら》でもこわしてんのか？」

そこへかけ寄《よ》ってきたのは近衛《このえ》だった。天馬《てんま》と晴《ハルト》の間《あいだ》に割《わ》って入《はい》ろうとする。

「神楽木《かぐらぎ》！　お前《まえ》、なにつきまとってんだ馳《はせ》さんに！」

そして、天馬《てんま》にむきなおる。

「馳《はせ》さん、次《つぎ》の剣道《けんどう》は大丈夫《だいじょうぶ》ですよね！　こんなヤツ、道場《どうじょう》に転《ころ》がしてください」

だが、その次《つぎ》の瞬間《しゅんかん》。天馬《てんま》は、近衛《このえ》を平手《ひらて》で張《は》りとばしていた。

「えっ！」

おどろいて目《め》を見張《みは》る晴《ハルト》の前《まえ》で、近衛《このえ》の体《からだ》は吹《ふ》っ飛《と》んで地面《じめん》に転《ころ》がる。まったく手加減《てかげん》のない本気《ほんき》の平手打《ひらてう》ちだった。うめいて顔《かお》をあげた近衛《このえ》の鼻《はな》から鼻血《はなぢ》がたれる。

「二度《にど》と――俺《おれ》の前《まえ》に顔《かお》を見《み》せるな」

天馬《てんま》はつめたく言《い》った。

晴《ハルト》は息《いき》をのむ。

(そうか。なんでか知《し》らないけど、天馬《てんま》もわかったのか)

こいつが、すべて裏《うら》で仕組《しく》んでいたことを。

「馳《はせ》さん！　そんな……私《わたし》はただ、馳《はせ》さんに恩《おん》がえしをしたくて……」

「近衛《このえ》」

泣《な》きながら言《い》い訳《わけ》をする近衛《このえ》を、しかし天馬《てんま》は、これ以上《いじょう》ないほどつめたく見《み》おろした。

「お前《まえ》は、俺《おれ》の背中《せなか》をずっと追《お》ってきて――こんなことをして、なぜ俺《おれ》がよろこぶと思《おも》った？」

近衛《このえ》は、息《いき》をつめ――そして顔《かお》をおおって泣《な》きくずれた。

天馬《てんま》は、それを呆然《ぼうぜん》と見《み》つめている晴《ハルト》に、ゆっくりとむきなおった。

「いまさらかもしれないが、すまなかった」

天馬《てんま》は、静《しず》かに言《い》った。

「きみの勝《か》ちだ」

「待《ま》てよ、おい！」

問《と》いただそうとする晴《ハルト》に背《せ》をむけ、天馬《てんま》は歩《あゆ》みさっていった。

そして――次《つぎ》の剣道《けんどう》の試合《しあい》には、天馬《てんま》は姿《すがた》を見《み》せず。

勝率《しょうりつ》0％《パーセント》といわれた、神楽木晴《かぐらぎハルト》の不戦勝《ふせんしょう》となった。

英徳《えいとく》の生徒《せいと》たちがお祭《まつ》りさわぎになっているなか――音《おと》は、晴《ハルト》とふたり、延英寺《えんえいじ》の広《ひろ》い敷地《しきち》の片隅《かたすみ》、人《ひと》の来《こ》ない小《ちい》さなあずまやにいた。

「……おめでとう」

音《おと》は、それ以外《いがい》なんと言《い》っていいのかわからない。

「馳《はせ》はどうした？」

神楽木《かぐらぎ》が聞《き》く。

「わからない。姿《すがた》が見《み》えなくて――ただ、たしかこの近《ちか》くに、天馬《てんま》くんの家《いえ》の別宅《べったく》があったはず

だから、これから行《い》ってみる」

「そうか」

それじゃあ行《い》くね、と、歩《ある》きだそうとした音《おと》の腕《うで》を、晴《ハルト》がつかんだ。

「江戸川《えどがわ》。別《わか》れてこいよ。そんで俺《おれ》んとこ来《こ》いよ。マジで」

そんで
俺んとこ
こいよ
マジで

ふりかえると、真剣《しんけん》な顔《かお》で晴《ハルト》が見《み》つめている。

「四条大橋《しじょうおおはし》で四時《じ》に待《ま》ってるから。来《こ》いよ、ぜったい」

少《すこ》しでも俺《おれ》のこと好《す》きなら、飛《と》びこんでこいよ、と——晴《ハルト》は言《い》った。

どうしてこんなに心《こころ》が揺《ゆ》れるんだろう。

自分《じぶん》の意志《いし》でなにかを決《き》めることなんて、とっくにあきらめてた。

「好《す》きだから。来《こ》いよ。待《ま》ってるから」

「行《い》かないよ——行《い》けないの」

音《おと》は声《こえ》をしぼりだし、その手《て》をふりはらって走《はし》りだした。

「来《く》るまで待《ま》ってるから！　ぜったいに来《こ》いよ！」

叫《さけ》ぶ晴《ハルト》の声《こえ》が遠《とお》ざかっていく。


京都《きょうと》らしい本格的《ほんかくてき》な日本家屋《にほんかおく》がつづく、静《しず》かな町並《まちな》みの一角《いっかく》に、馳家《はせけ》の別宅《べったく》はあった。

大《おお》きな木《き》の門《もん》の前《まえ》でためらっていると、後《うし》ろから声《こえ》をかけられる。

「音《おと》。よくわかったなここが」

天馬《てんま》が立《た》っていた。もう私服《しふく》に着《き》がえて、おだやかな雰囲気《ふんいき》だ。

「ずっと昔《むかし》、ここにおじゃましたことあったよね……それで」

「少《すこ》し、その辺歩《へんある》こうか」

天馬《てんま》はそう言《い》って、静《しず》かに歩《ある》きはじめた。

日《ひ》が落《お》ちて、まわりの風情《ふぜい》ある日本家屋《にほんかおく》に、灯《あか》りが灯《とも》りはじめている。

「前《まえ》にここに来《き》たのは、桜《さくら》の季節《きせつ》だったよな」

そうだった。冬《ふゆ》の今《いま》は丸裸《まるはだか》だけれど、この街路樹《がいろじゅ》はぜんぶ桜《さくら》で——あのときは満開《まんかい》だった。

「道《みち》が花吹雪《はなふぶき》でカーペットみたいになってて、持《も》って帰《かえ》るって音《おと》が言《い》ったのを覚《おぼ》えてるよ」

「そんなかわいいセリフ言《い》ったっけ」

「音《おと》はいつもかわいいよ」

天馬《てんま》は笑《わら》った。音《おと》は言葉《ことば》をなくしてしまう。

「ごめんな。音《おと》があんなに必死《ひっし》に訴《うった》えてたのに、信《しん》じてあげられなくて。俺《おれ》は、完璧《かんぺき》じゃないとだめだと思《おも》いこんでいた。そのせいで一番大事《いちばんだいじ》なことが見《み》えなくなってた」

立《た》ちどまって、音《おと》の顔《かお》をまっすぐに見《み》ながら、天馬《てんま》は言《い》った。

「俺《おれ》にとってなにより大事《だいじ》なことは、毎月二十日《まいつきはつか》に待《ま》ち合《あ》わせ場所《ばしょ》に行《い》って——手《て》をふる音《おと》の姿《すがた》を見《み》つけることだった」

音《おと》は、おどろいて目《め》を見張《みは》る。顔《かお》がほてった。

「……天馬《てんま》くんは、あんまり楽《たの》しそうじゃないなって思《おも》ってたのに」

「もっと心《こころ》のままにふるまえばよかった。神楽木《かぐらぎ》みたいに」

天馬《てんま》はほほえむ。

「音《おと》——自由《じゆう》になれよ。親同士《おやどうし》の決《き》めた約束《やくそく》は、今日《きょう》で終《お》わりにしよう」

「自由《じゆう》……って」

「神楽木《かぐらぎ》が待《ま》ってるんじゃないのか」

どきっとした。

一瞬《いっしゅん》、腕時計《うでどけい》に目《め》を走《はし》らせる。もう時間《じかん》は午後《ごご》五時《じ》をまわっていた。

『四条大橋《しじょうおおはし》で四時《じ》に待《ま》ってるから。来《こ》いよ、ぜったい』

「行《い》かないよ！」

音《おと》は、ふりきるように言《い》った。

「あんなやつ——いつも勝手《かって》で、ホント単純《たんじゅん》でバカみたいだし、あんな人《ひと》——」

『好《す》きな女《おんな》の言《い》うこと信《しん》じなくてどうすんだよ』

『こいつの気持《きも》ち考《かんが》えてやったらわかるだろ？』

晴《ハルト》の言葉《ことば》を。顔《かお》を。どうして思《おも》いだしてしまうの。

どうしたらいいかわからない。どうしたら。

こんなに天馬《てんま》を傷《きず》つけているのに。

天馬《てんま》は、ちょっとくやしそうに肩《かた》をすくめた。

「俺《おれ》は、音《おと》が思《おも》ってるような聖人君子《せいじんくんし》じゃないよ。今回《こんかい》だって、自分《じぶん》の得意分野《とくいぶんや》で闘《たたか》って、あいつをたたきのめすって思《おも》ってたし。ひきょうだろ？　腹《はら》のなかはねじ曲《ま》がってるんだ」

「そんな――天馬《てんま》くんがねじ曲《ま》がってたら、ほかの人《ひと》は……」

「ほら、音《おと》のそれがけっこう傷《きず》つくんだよ」

天馬《てんま》はふざけたように音《おと》を指《ゆび》さした。

「まるでバカみたいだろ？　フツー、人間《にんげん》どっか病《や》んでるところあるって」

「そんな……バカみたいとか、そんなことないって！」

びっくりして音《おと》は叫《さけ》んだ。ふたりの目《め》が合《あ》う。

ははは、と、天馬《てんま》は声《こえ》をだして笑《わら》った。音《おと》も、なんだか、おかしくなって少《すこ》し笑《わら》う。

「なんで、こんなやりとりができなかったんだろう。あんなに長《なが》い間《あいだ》いっしょにいたのに」

天馬《てんま》の言葉《ことば》に、音《おと》もうなずく。

本当《ほんとう》にそうだ。もし最初《さいしょ》からこんな風《ふう》に笑《わら》ったり、ケンカしたりできていれば。

きっと、なにもかもがちがったんだろう。

だけど——今《いま》こうしてふたりがわかりあえたのは、結局《けっきょく》、晴《ハルト》のおかげなんだと思《おも》う。

「……神楽木《かぐらぎ》が待《ま》ってるんだろう」

また天馬《てんま》が言《い》った。音《おと》はうつむく。

「もう、一時間以上《じかんいじょう》過《す》ぎてる……だからもう」

「本当《ほんとう》に、そう思《おも》ってる？」

音《おと》の目《め》から、涙《なみだ》があふれる。

晴《ハルト》は——待《ま》っているだろう。

行《い》かないって言《い》ったのに。ぜったいに待《ま》ってるのがわかる。

鴨川《かもがわ》から吹《ふ》きあげるつめたい風《かぜ》にふるえながら、四条大橋《しじょうおおはし》の欄干《らんかん》にもたれて、今《いま》もずっと。

「あいつは最初《さいしょ》から、なにが一番大事《いちばんだいじ》か、ちゃんとわかってた」

天馬《てんま》は言《い》った。

「自分《じぶん》に正直《しょうじき》になっていいんだよ。音《おと》」


音《おと》は、ふるえながらうなずくと、天馬《てんま》に背《せ》をむけて走《はし》りだした。

もう真《ま》っ暗《くら》になった、静《しず》かな京都《きょうと》の路地《ろじ》を。

四条大橋《しじょうおおはし》へむかって。

終《お》わり

この本は、集英社よりジャンプコミックスとして刊行された『花のち晴れ～花男 Next Season～』をもとに、ノベライズしたものです。

集英社みらい文庫

花《はな》のち晴《は》れ
~花男《はなだん》Next《ネクスト》 Season《シーズン》~
ノベライズ

神尾葉子《かみおようこ》 原作/絵
松田朱夏《まつだしゅか》 著

ファンレターのあて先
〒101-8050 東京都千代田区一ツ橋2-5-10 集英社みらい文庫編集部
いただいたお便りは編集部から先生におわたしいたします。

2018年 5月 16日 第1刷発行
2018年 5月 31日 第2刷発行

発行者 北畠輝幸
発行所 株式会社 集英社
〒101-8050 東京都千代田区一ツ橋2-5-10
電話 編集部 03-3230-6246
読者係 03-3230-6080
販売部 03-3230-6393 (書店専用)
http://miraibunko.jp
装丁 中島由佳理
印刷 図書印刷株式会社 凸版印刷株式会社
製本 図書印刷株式会社

★この作品はフィクションです。実在の人物・団体・事件などにはいっさい関係ありません。

ISBN978-4-08-321435-6 C8293 N.D.C.913 200P 18cm

テレビドラマ放《ほう》送《そう》中《ちゅう》！

TBS系列《けいれつ》にて（毎週《まいしゅう》火《か》曜《よう》日《び》よる10時《じ》）

大《だい》人《にん》気《き》コミック！

『花《はな》のち晴《は》れ ～花男《はなだん》 Next《ネクスト》 Season《シーズン》～』

集英社ジャンプコミックス

神《かみ》尾《お》葉《よう》子《こ》

①～⑨巻《かん》絶《ぜっ》賛《さん》発《はつ》売《ばい》中《ちゅう》！

★集《しゅう》英《えい》社《しゃ》少《しょう》年《ねん》ジャンプ＋《プラス》にて好《こう》評《ひょう》連《れん》載《さい》中《ちゅう》!!

花《はな》のち晴《は》れ

花男 Next Season

英徳学園《えいとくがくえん》から伝説《でんせつ》の4人組《にんぐみ》Ｆ４《エフフォー》が卒業《そつぎょう》して2年《ねん》…。Ｆ４《エフフォー》のリーダー・道明寺司《どうみょうじつかさ》にあこがれる神楽木晴《かぐらぎハルト》は、「コレクト５《ファイブ》」を結成《けっせい》し、セレブな学園《がくえん》の品格《ひんかく》を保《たも》つため“庶民狩《しょみんが》り”をはじめた!! かくれ庶民《しょみん》として学園《がくえん》に通《かよ》う江戸川音《えどがわおと》は、バイト中《ちゅう》に晴《ハルト》とバッタリ出会《であ》い!? テレビドラマ放送中《ほうそうちゅう》の大人気《だいにんき》コミック！

超胸《ちょうむね》キュン!! せつない三角関係《さんかくかんけい》の恋《こい》のゆくえは!?

コミックでも「花《はな》のち晴《は》れ」の世界《せかい》を楽《たの》しんじゃおう!

伝説《でんせつ》の超人気《ちょうにんき》コミックス

英徳学園《えいとくがくえん》のレジェンドの4人組《にんぐみ》・Ｆ４《エフフォー》と
牧野《まきの》つくしの大逆転《だいぎゃくてん》ストーリー!

『花《はな》より男子《だんご》』神尾葉子《かみおようこ》

集英社マーガレットコミックス

３７巻《かん》絶《ぜっ》賛《さん》発《はつ》売《ばい》中《ちゅう》!

電子書籍版は、少年ジャンプ+や「花男・花晴れ」公式アプリなどで配信中!（くわしくはwebで検索!!）

4人《にん》のキラキラな男《おとこ》の子《こ》たちと
事件《じけん》に巻《ま》き込《こ》まれて、
心臓《しんぞう》がバクバクしそう！？
お前《まえ》の“チカラ”が必要《ひつよう》なんだ！
大好評《だいこうひょう》
発売中《はつばいちゅう》！
大人気《だいにんき》！ 放課後《ほうかご》❤ドキドキストーリー第《だい》2弾《だん》

青星学園《せいせいがくえん》★チームEYE-S《アイズ》の事《じ》件《けん》ノート

～ロミオと青《あお》い星《ほし》のひみつ～

相川《あいかわ》 真《しん》・作《さく》
立樹《たちき》まや・絵《え》

“トクベツな力《ちから》”をもつ中《ちゅう》1のゆずは、
目立《めだ》たず、平穏《へいおん》な生活《せいかつ》を望《のぞ》んでいたのに、
4人《にん》のキラキラな男《おとこ》の子《こ》たちとチームアイズを組《く》むことに。
第《だい》2弾《だん》の舞台《ぶたい》は、青星学園《せいせいがくえん》の学園祭《がくえんさい》！
学園中《がくえんじゅう》がS《エス》クラス男子《だんし》たちの舞台《ぶたい》にワクワクしている中《なか》、
モデルのレオくんが何者《なにもの》かに
ねらわれている!?

速報《そくほう》!!

「チームアイズ」第《だい》3弾《だん》は

キヨくんは、超頭《ちょうあたま》が良《よ》くて、
東大合格確実《とうだいごうかくかくじつ》といわれてる。
クールで誰《だれ》も笑《わら》ったところを見《み》
たことがないんだって。だけど、
最近《さいきん》さらに 笑《わら》わない!?
なんで!?

お楽《たの》しみに♪

2018年《ねん》 9/21 金《きん》 発売予定《はつばいよてい》!!

好評《こうひょう》発売中《はつばいちゅう》!
先《せん》パイ、出会《であ》って2度目《どめ》で「つきあってくれないかな?」って、この展開《てんかい》、急《きゅう》すぎません――!?
第《だい》5回《かい》集英社《しゅうえいしゃ》みらい文庫大賞《ぶんこたいしょう》優秀賞受賞者《ゆうしゅうしょうじゅしょうしゃ》の、みらい文庫《ぶんこ》デビュー作《さく》!!

この声《こえ》とどけ!

恋《こい》がはじまる放送室《ほうそうしつ》☆

神戸遥真《こうべはるま》・作《さく》　木乃《きの》ひのき・絵《え》

自分《じぶん》に自信《じしん》のない中《ちゅう》1のヒナ。1年《ねん》1組《くみ》、おまけに藍内《あいうち》なんて名《みょう》字《じ》のせいで、入学式《にゅうがくしき》の新入生代表《しんにゅうせいだいひょう》あいさつをやることになっちゃった。当日《とうじつ》、心臓《しんぞう》バクバクで練習《れんしゅう》していたら、放送部《ほうそうぶ》のイケメン・五十嵐先《いがらしせん》パイが通《とお》りがかり――？　その出会《であ》いからわずか数日後《すうじつご》、ヒナは五十嵐先《いがらしせん》パイから、とつぜん告白《こくはく》されちゃって……??

放送部《ほうそうぶ》を舞台《ぶたい》におくる
部活《ぶかつ》ラブ★ストーリー!!

「みらい文庫《ぶんこ》」読者《どくしゃ》のみなさんへ

言葉《ことば》を学《まな》ぶ、感性《かんせい》を磨《みが》く、創造力《そうぞうりょく》を育《はぐく》む……、読書《どくしょ》は「人間力《にんげんりょく》」を高《たか》めるために欠《か》かせません。たった一枚《いちまい》のページをめくる向《む》こう側《がわ》に、未知《みち》の世界《せかい》、ドキドキのみらいが無限《むげん》に広《ひろ》がっている。これこそが「本《ほん》」だけが持《も》っているパワーです。

学校《がっこう》の朝《あさ》の読書《どくしょ》に、休《やす》み時間《じかん》に、放課後《ほうかご》に……。いつでも、すぐに続《つづ》きを読《よ》みたくなるような、魅力《みりょく》に溢《あふ》れる本《ほん》をたくさん揃《そろ》えていきたい。読書《どくしょ》がくれる、心《こころ》がきらきらしたり胸《むね》がきゅんとする瞬間《しゅんかん》を体験《たいけん》してほしい、楽《たの》しんでほしい。みらいの日本《にほん》、そして世界《せかい》を担《にな》うみなさんが、やがて大人《おとな》になった時《とき》、「読書《どくしょ》の魅力《みりょく》を初《はじ》めて知《し》った本《ほん》」「自分《じぶん》のおこづかいで初《はじ》めて買《か》った一冊《いっさつ》」と思《おも》い出《だ》してくれるような作品《さくひん》を一所懸命《いっしょけんめい》、大切《たいせつ》に創《つく》っていきたい。

そんないっぱいの想《おも》いを込《こ》めながら、作家《さっか》の先生方《せんせいがた》と一緒《いっしょ》に、私《わたし》たちは素敵《すてき》な本作《ほんづく》りを続《つづ》けていきます。「みらい文庫《ぶんこ》」は、無限《むげん》の宇宙《うちゅう》に浮《う》かぶ星《ほし》のように、夢《ゆめ》をたたえ輝《かがや》きながら、次々《つぎつぎ》と新《あたら》しく生《う》まれ続《つづ》けます。

本《ほん》を持《も》つ、その手《て》の中《なか》に、ドキドキするみらい――。本《ほん》の宇宙《うちゅう》から、自分《じぶん》だけの健《すこ》やかな空想力《くうそうりょく》を育《そだ》て、〝みらいの星《ほし》〟をたくさん見《み》つけてください。

そして、大切《たいせつ》なこと、大切《たいせつ》な人《ひと》をきちんと守《まも》る、強《つよ》くて、やさしい大人《おとな》になってくれることを心《こころ》から願《ねが》っています。

2011年《ねん》 春《はる》

集英社《しゅうえいしゃ》みらい文庫《ぶんこ》編集部《へんしゅうぶ》